심플로 다시 피어나다____

내 마음이 _____ 나에게

심플로 다시 피어나다___

내 마음이 _____ 나에게

초판 1쇄 찍은날 2016년 11월 23일
초판 2쇄 펴낸날 2017년 11월 09일

지은이 이혜리
디자인 이재호 디자인
펴낸이 박성신
펴낸곳 도서출판 쉼
등록번호 제406-2015-000091호
주소 경기도 파주시 문발로 115, 세종벤처타운 304호
전화 031-955-8201
팩스 031-955-8203
전자우편 8200rd@shim1101.com
홈페이지 http://www.shim1101.com
ISBN 979-11-87580-09-6 (03810)

심플로
다시 피어나다

내 마음이 나에게

이혜리 지음

쉼

프롤로그

글을 쓰게 된 이유는 그리 대단할 것이 없습니다. 이 책에서는 살면서 저항하고 버티고 멈추고 다시 밝게 돌아오는 과정들로 인해 배운 이야기가 담겨있습니다. 기억들을 글로 기록함으로 나의 마음이 위로를 받습니다. 단지, 위로받음을 표현하고자 글로 나왔습니다. 그 위로를 다른 누군가에게 전하고 싶습니다. 저는 순수하게 표현하는 것을 좋아하는 평범한 사람입니다. 심플한 삶은 제게 삶의 본질의 중요성을 알려주었으며 나다움을 선물해 주었습니다. 사실, 처음부터 심플한 것은 아니었습니다. 제가 가지고 있던 스토리들의 결과였지요. 모든 것은 시각이었습니다.

'심플'을 택한 것은 행복이었습니다. 그저 남들이 사는 방식, 이 세상이 말하는 행복의 조건만 쫓았다면 나의 마음은 여전히 채워지지 않았을 것입니다. 하지만 단순한 삶, '심플 라이프'는 삶을 대하는 나의 태도를 바꾸어놓았습니다. 주의를 타인이 아닌 나에게 돌림으로 소중한 것에 집중할 수 있었고 만족하기가 쉬워졌습니다. 인생에서 큰 산을 만날때 그걸 핑계로 멈추는 것이 아닌 오히려 그 산을 넘어갈 힘을 길렀습니다. 링컨의 말처럼 길이 약간 미끄러울 뿐 낭떠러지는 아니기에 현실에 지는것이 아닌 자신에게 남아있는 것에 관심을 가지고 새로운 경험들을 쌓아가는 일. 그 시작은 새로운 가능성으로 풍부한 삶을 만들어주었습니다. 이렇게 심플한 삶은 진정한 자유를 가져다주었습니다. 불필요한 것들에서 벗어남으로써 얻게 되는 자유! 세상에 이끌리는 것이 아닌, 나 자신이 이끄는 삶으로 말입니다. 물론 심플한 삶으로 가는 그 과정은 쉽지 않았지만 충분한 가치가 있음을 확신했습니다. 표면적인 성공과 행복해 보이는 삶이 아닌, 내적으로 충만하고 행복한 삶, 인생을 살면서 그런 행복쯤은 느껴봐야 하지 않을까? 이제는 제가 겪은 경험들을 많은 사람들에게 알려주고 좀 더 '단순한 삶'을 살아보라고 감히 권하고 싶습니다. 심플을 선택했을 때 이제야 모든 것이 제자리에 놓인 기분을 느꼈습니다. 자신의 존재 자체만으로 행복을 느낄 수 있는 삶 말이다. 심플함 속에서 나만의 향기를 가지고 유연하게 살아가길 바랍니다.

3–4 min
Schwarzer Tee

세상을 바라보고 자신을 바라보는 시각에서 변화의 바람이 불어옵니다.

요즘은 행복에도 경쟁을 붙입니다. 경쟁에서 이긴 그 순간의 행복의 맛이 아닌 존재 자체의 행복을 느끼게 해주고 싶습니다. 이름 앞에 특별한 무언가를 달지 않아도 오래 전 어머니 혹은 할아버지가 지어주신 그 이름 몇 글자로 충분합니다. 존재 자체로 아름다운 우리들입니다.

우리 오늘도 하늘과 어우러져 함께 걷도록 해요.

이 책을 읽으면서 숨 쉬는 것을 느끼고 나무처럼 어떠한 바람에도 유연함을 가질 수 있는 힘.

그리고 잠시 하늘을 쳐다볼 수 있는 그런 마음을 가지길 바랍니다.

차례

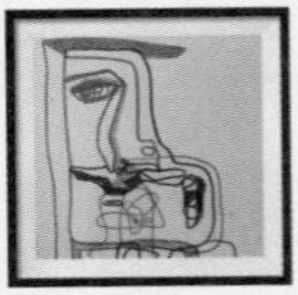

1장

내가 선택한 단순한 삶

심플은 행복을 가져온다

'심플'을 택한 것은 행복이었다. 그저 남들이 사는 방식, 이 세상이 말하는 행복의 조건만 좇았다면 내 마음은 여전히 채워지지 않았을 것이다. 하지만 단순한 삶, '심플 라이프'는 삶을 대하는 나의 태도를 바꾸어놓았다. 내 시선을 타인이 아닌 나에게 돌림으로써 소중한 것에 집중할 수 있었고 만족감이 충족되었다. 심플한 삶은 진정한 자유를 가져다주었던 것이다. 세상에 이끌리는 것이 아닌, 나 자신이 이끄는 삶으로 말이다. 마음이 충족되지 못하거나 계속해서 무언가 바꾸고 싶다면, 우리에게는 변화가 필요하다.

과거의 나는 무언가를 두 손에 가득 쥐고 있었다. 손은 초조함으로 가득 찼지만, 그렇다고 펼쳐서 버리지도 못했다. 그만큼 마음속이 복잡했다. 겉으로는 딱히 부족해 보이지 않았을지도 모른다. 하지만 눈에 보이지 않는 부분이 뒤죽박죽이었다. 나이를 한 살씩 먹을수록, 이 세상에 대해 알아갈수록 좌절하는 일이 많았다. 우리는 사람들의 휘둘림에 영향을 받기 쉽다. 나 역시 사람들에게 휘둘리고 넘어져 당당하게 내 목소리 한번 내보이지 못했다. 그러면서도 다시 사람들을 찾고, 물건을 사며 공허한 마음을 채우고자 했다. 하지만 사람과 물건들은 결코 마음을 채워주지 못했다. 오히려 더욱 큰 갈증을 불러올 뿐이었다.

나의 20대에는 인생을 흔드는 큰 사건들이 연이어 터졌고 그것들을 버티느라 온 힘을 다해 애썼다. 모든 에너지가 바닥나자 결국 마음이 병을 만들었고 건강에 적신호가 왔다. 그러자 나 스스로에게 미안해졌다. 지금을 그냥 버텨내는 것이 아닌, 변화가 필요했다. 사실 인생에서 안 좋은 경험들을 겪었다고 실패하는 건 아니다. 모든 경험은 더 나은 내가 될 수 있도록 열어주는 문이다. 내가 겪었던 모든 일이 성장의 디딤돌이라고 생각한다. 한없이 바닥으로 내려가는 마음을 잡기 위해 하루도 빠짐없이 책을 읽으며 내가 알고 있는 세상이 전부가 아님을, 그 사람들의 생각이 정답이 아님을 알았다. 그리고 찾아낸 길이 바로 '심플', 단순하게 살기이다. 나는 심플한 삶에 스며들기로 결심했다. 그 길이 나를 살아가도록 만들어줄 것임을 확실히 믿었다. 결과적으로 심플한 삶은 나에게 자유를 주었다. 불필요한 것들에서 벗어남으로써 얻게 되는 자유! 더 의미 있는 삶을 원했기에 삶에서 방해가 되는 것들을 분리하기 시작했다. 물론 심플한 삶으로의 과정 또한 쉽지 않다. 새로운 가치관을 재정립하며 많은 감정이 요동쳤지만, 내가 겪은 일과 앞으로 겪을 일들을 생각하면 당장 변하고 싶었다. 나답게 변하기 위한 노력은 충분히 가치 있는 것임을 믿었다.

내면의 기둥을 바로 세우며 가치관도 또렷해졌다. 그 또렷한 가치관은 나에게 용기와 아름다움을 주었다. 표면적인 성공과 행복해 보이는 삶이 아닌, 내적으로 충만하고 행복한 삶, 인생을 살면서 그런 행복쯤은 느껴봐야 하지 않을까? 이제는 이 경험을 많은 사람들에게 알려주고 싶다. 좀 더 단순한 삶을 살아보라고 권하고 싶다.

나만의 가치관이 있는 삶은 건강하다. '지금, 나는 어느 곳으로 향해 가는가' '내가 정말 원하는 것은 무엇인가' '나답게 살고 있는가'는 한번쯤 생각해볼 필요가 있다. 사실 자신에게 있어서 불필요한 것이 무엇인지 깨닫지 못한 채 하루를 살아가는 사람들이 많다. 자신의 상태를 인식하는 것이 둔해지면 '다른 사람의 눈에 비친 나'에 더 큰 관심을 두게 된다. 삶에 불필요함을 떼어 내고 심플해질수록 나에게 관심을 기울이게 되며 더욱 의미 있는 삶을 살고 싶어진다. 그렇게 되면 다른 사람이 뭐라 해도 '나답게' 서 있을 수 있다. 이 세상과 균형을 이루며 살되, 나는 나로서 존재한다. 있는 그대로의 나로도 충분하다는 마음, 그 마음은 내가 원하는 인생을 살도록 해준다.

내가 마음에 담고 싶은 것을 천천히 찾아보기 시작했다. 그러자 사랑하는 가족, 소중한 몇몇 지인들, 다른 사람에게 행하는 친절, 나를 설레게 하는 일, 내가 지금 가지고 있는 것들에 대한 감사함으로 정리되었고, 여기에 온전한 관심을 쏟자 마음은 더욱 충만해졌다. 이 모든 것들은 내가 소중하게 여기는 것들이기에 행복을 가져다줄 수밖에 없다. 내적으로 충만해질수록 아름답고 우아한 삶을 살게 된다. 그러한 상태는 삶을 아름답게 만들어준다.

심플한 삶을 위해 꼭 쥐었던 손을 펼치고 내려놓은 것을 과감히 보냈다. 그중에는 물건과 관계가 있다. 사실 살아가는 데는 많은 물건이 필요하지 않다. 정말 나에게 필요하고 소중한 것들만 남기고 다 처분했다. 버리기도 하고 다른 누군가에게 주기도 했다. 너무나 많은 물건들을 가지고 있었기에 며칠에 걸쳐 하나

하나 신중하게 처분했다. 물질적인 소유의 무게는 줄었지만 내적으로는 풍요로웠다. 물건이 줄어든 만큼 마음속 걱정도 줄었다. 보이는 물건을 없앰으로써 보이지 않는 것까지 없앨 수 있었던 것이다. 이제는 자연스럽게 버려진 '걱정'이라는 아이를 다시 데려오지만 않으면 된다. 만약 다시 왔다 하더라도 잘 흘려보내주면 된다. 가끔 불필요한 걱정에 시달릴 때가 있다. 그럴 때는 일단 나의 상태를 받아들인다. 그 후 마음을 충만하게 하는 일들을 시작한다. 그 과정에서 흘려보낼 것은 보내고 소중한 것으로 다시 마음을 채운다. 이것이 걱정을 없애는 나만의 방법이다. 엉켜버린 내면을 회복시키는 일은 최소한의 물질과 살면서 얻게 된 최대의 행복이다. 심플한 삶은 내면의 질서들로부터 건강한 삶을 살게 해준다. 즉 심플한 삶은 더 단단하고 건강한 삶이다.

단단하고 아름다운 삶을 살기 위해 가치관을 분명히 세우자. 그리고 소중한 것들에 집중된 심플한 삶을 실천한다면 지속적인 행복이 온다. 물론 처음부터 잘 되지 않는다. 주위의 수많은 영향들로부터 자신을 지켜내야 한다. 하지만 꾸준히 하다 보면 내 삶을 위해 노력하는 그 자체가 나를 설레게 만든다. 그것이 결과로 보였을 때는 얼마나 설레겠는가? 모든 것을 쥔 채는 맛볼 수 없다. 버린 공간에는 건강한 것들로 채우고 나를 위한 여백을 남겨두었다. 그 여백은 보이지 않는 것을 볼 수 있게 해주는 힘이 있다. 심플을 선택했을 때 이제야 모든 것이 제자리에 놓인 기분이 들었다. 많은 사람들이 단순함이 가져다주는 힘을 느껴보길 바란다. 자신의 존재 자체만으로 행복을 느낄 수 있는 삶, 말이다. 심플함 속에서 나만의 향기를 가지고 유연하게 살아가길 바란다.

불행의 프레임을 깨는 일

"아 나는 불행한 사람이야, 왜 이렇게 태어난 걸까?"

이런 말을 입에 달고 사는 사람들이 있다. 무엇을 해도 그 사람은 불행하다. 자신이 세상을 바라보는 시각과 받아들이는 마음, 그리고 생각의 넓이가 불행에서 멈춘 것이다. 자신만의 좁은 프레임에 갇혀서 이 세상을 바라보지 말자. 자신이 정해놓은 불행의 프레임을 깨고 그 시선 너머를 생각해보자. 사실 가장 단순할수록 정답인 것이 많다. 너무 많은 요소들이 얽혀 있으면 자신이 지금 가지고 있는 것들조차 제대로 느낄 여유가 없다. 자신이 가지고 있는 작은 불행의 프레임을 깨고 용기 내어 행복의 창을 열어보자.

무엇이 불행한 걸까? 물건이 부족하기 때문일까? 외모가 뛰어나지 않기 때문일까? 좋은 학벌을 가지지 못했기 때문일까? 물론 이런 것들은 어느 정도 필요하다. 그렇다고 해서 이것들이 불행과 행복을 좌우할 만큼 가치 있는 것은 아니다. 다른 방향으로 생각하고 보려는 노력이 필요하다. 그러기 위해서 먼저 불행이라고 단정 짓는 그 프레임을 깰 필요가 있다. 프레임을 깬다는 것은 무의식적으로 정하고 믿는 것을 변화시키는 일이다. 담 넘어 다른 세상도 있음을 알아채는 과정이다.

어느 대학교수가 학생들에게 과제를 내주면서 한 가지 조건을 달았다. 무슨 일을 하든지 "코끼리를 생각하면 안 돼"였다. 언뜻 보기에 아주 단순한 과제처럼 보이지만, 이 과제를 성공적으로 수행한 학생들은 단 한 명도 없었다. 아무리 코끼리를 떠올리지 않으려 해도 이미 학생들의 머릿속에는 보아뱀에 먹힌 코끼리보다도 더 인상적인 코끼리가 그려져 있었다. 조지프 레이코프는 저저《코끼리는 생각하지 마》에서 이 예를 통해 '프레임(Frame)'의 영향력을 설명했다. 모든 학생들은 코끼리라는 '틀'을 벗어나 무언가를 해보려 하지만, 그럴수록 역설적으로 틀에 갇히는 효과를 낳는 것이다. 우리는 지금 어떤 프레임 속에서 살고 있을까? 한번쯤 생각해보자. 프레임의 영향력은 생각보다 강하다. 무의식적으로 그 프레임 안에서 행동하고 결정하기 때문이다. 과거에 내가 어떤 선택들을 했는지 보면 내가 짓고 사는 프레임의 종류, 크기와 깊이를 알 수 있다.

개인의 프레임도 있지만 사회가 만들어주는 프레임도 빠트릴 수 없다. 우리는 개인의 프레임보다 더욱 큰 프레임 안에서 각자의 생각의 집을 짓고 살아가는 것이다. 이 사회가 만들어놓은 행복의 기준에 따라 자신을 맞추려고 애쓰다 보니 행복과 점점 멀어지고 있는 것이다. 사회는 더 높은 위치와 더 많은 것을 품으라고 한다. 적게 가지고 좋은 직장에 다니지 않거나 결혼 상대가 없는 사람은 무조건 불행하다고 생각한다.

"주말에 뭐 했어요? 남자친구 있어요?"

이러한 질문에 주로 "주말은 동네에 있었고요, 지금 데이트하는 사람 없는데요"라고 답했다. 그럴 때마다 그들은 한결같이 "지금 젤 좋은 20대를 왜 그렇게 보내요?"라고 말한다. 이런 대답을 들을 때마다 조금은 당황스러웠다.

'내가 지금 잘못 살고 있는 거야? 단지 애인이 없을 뿐인데….'

왜 꼭 만나는 누군가 있어야 하고 주말에는 어디든 가서 신나게 시간을 보내야 행복하다고 생각하는 걸까? 물론 그런 생활도 좋다. 하지만 그것이 아니면 불행한 것은 아니다. 애인이 있어야만 행복하다는 생각을 가지고 그렇게 살지 않는 사람들은 불행하다고 생각하는 것은 사람들의 프레임이다. 지금 20대에 혼자 하고 싶은 일도, 해내고 싶은 일도 많다. 나 자신에 온전히 집중해서 열정을 가지고 하루하루를 보내는 일, 난 그런 삶 또한 잘 살고 있다고 생각한다.

나는 주로 오전에 카페에 가서 글을 쓴다. 오전 시간을 가장 좋아하기 때문에 그 순간 글을 쓸 수 있음이 너무 좋다. 그 순간만은 내가 오롯이 살아 있음을 느끼고 좋아하는 일에 열정을 더 할 수 있어 무엇과도 바꿀 수 없는 행복을 느낀다. 30대 또한 이런 두근거림과 함께 맞이하고 싶다. 나의 행복은 이렇게 작지만 확실하게 차곡차곡 쌓아가는 중이다. 다시 돌아오지 않을 오늘의 시간을 나의 상황에 맞게 씩씩하게 채워나가는 일. 사람마다 생각하는 방식이나 세상을 살아가는 태도가 다르다. 각자에게 맞는 행복의 길을 걷자. 많은 것을 갖지 못했다고 불행하다 생각하지 말자. 이런 생각은 무엇을 해도 늘 부족하다고 느끼게 될 뿐이다.

인생을 사는 방식은 결국 스스로의 선택으로 나누어진다. 그렇다면 다시 선택하는 일도 가능하지 않을까? 다른 사람의 삶과 비교하며 '만약 나도 그랬다면 어떨까'라는 허상을 벗어버리고 현실을 생각한다. 새들이 먼 곳에서 사물을 보듯 우리도 삶의 주인공인 자신을 조금은 먼 곳에서 바라보자. 그러면서 지금 주어진 현실 속에서 내가 어떤 행복을 찾을 수 있을지 어떤 인생을 살고 싶은지 생각해보자. 사실 의식하지 못했을 뿐 이미 많은 것들을 가지고 있다. 우리를 숨 막히게 하는 불필요한 욕심은 내려놓아야 한다. 세상이 보여주는 행복의 조건들을 다 갖고 싶어서 욕심을 부리다 보면 결국 모두 얻지 못한다. 욕심은 시야를 좁게 그리고 한 곳만 보게 만든다. 그러다 보면 스스로가 상처 입게 돼 있다. 결국 불행의 프레임으로 스스로를 집어넣게 되는 악순환의 연속이다.

피아노의 검은 건반과 흰 건반처럼 인생에는 밝은 길과 어두운 길이 있다. 명쾌한 소리를 내는 기분 좋은 날이었다면 또 어떤 날은 무거운 소리를 내는 가슴 철렁하는 사건이 생길 수 있다. 이런 날들이 모여 아름다운 리듬이 담긴 인생의 악보를 만들어낸다. 좋지 않은 과거를 보냈다고 해서 불행한 인생을 살았다고 할 수 없다. 그 날들을 보내면서 자신이 어떤 생각과 태도를 가졌고 무엇을 느꼈는지가 중요하다. 그러다 보면 그 실패가 나의 성장으로 기억에 남을 것이다. 하나의 사건에 대해 내가 어떻게 느끼고 생각하는지에 따라 불행을 깨달음으로 돌릴 수 있다. 머물러 있지 말고 앞으로 어떤 태도를 갖춰야 할지를 생각하자. 모든 것의 이면에는 깨달음이 있다. 그것에 초점을 맞춰보자. 그러면 사실 그렇게 어두운 일도 없다. 결국 프레임을 걷어내는 일도 용기다. 생각을 크게 열자. 무의식적으로 가져버린 불행의 프레임에서 벗어나자. 그것은 매력적인 인생의 여행길에 오르는 시작이다.

행복해질 용기

대부분의 사람들은 좋은 스펙, 넓은 평수의 아파트, 외제차, 명품 가방 등을 가져야 이제 좀 행복해졌다고 말할지 모른다. 그런 기준을 가진 사람들 중 과연 몇몇이나 가슴 충만한 행복을 맛보고 있을까? 누구나 부러워하는 직업, 넓은 집을 가지고 있는 지인이 있다. 그는 그것들이 주는 많은 피로와 스트레스에 결국 대부분을 버리고 현재 심플한 삶을 살아가고 있다. 그리고 심플한 삶을 실천하면서 과거에는 느끼지 못했던 충만한 행복을 맛보고 있다. 행복의 답은 물질이 아니라고 아무리 말해도 그쪽으로

가는 길을 택하는 사람들이 종종 있다. 물론 나도 그랬다. 그리고 그런 것들이 무조건 나쁘고 필요 없는 것도 아니다. 다만 그것들은 지속적인 '행복'을 가져다주지는 않는다. 허전함으로 가득한 하루를 살아내는 것은 이미 충분히 해왔다. 행복의 길은 그리 멀리 있지 않다.

"계속 자리에 앉아 있을 것이냐
춤을 출 것이냐
선택의 갈림길에 서면
나는 네가 춤을 추었으면 좋겠어." _ 리 안 워맥의 〈I hope you dance〉 노래 가사 중

시각을 조금만 바꾸면 충분히 춤추는 삶을 살 수 있다. 사무실 안에서 똑같은 일상을 보내는 두 사람을 생각해보자. A라는 사람은 "짧은 점심시간이네…. 아, 오늘도 야근이구나. 지겹다 정말!"이라고 투덜거린다. 반면 B라는 사람은 "오늘도 점심시간에 커피 한잔 마실 수 있어서 정말 좋다! 잠시라도 이런 시간이 있어서 다행이야!"라고 말한다. 이렇듯 같은 상황에서 삶을 어떻게 바라보고 느끼느냐에 따라 불행과 행복은 나누어진다. 종이 한 장의 차이다. 같은 일상 속에서 조금씩 다른 커피의 맛을 느

낄 줄 아는 사람은 선택의 갈림길에서 춤을 출 수 있는 사람이다. 늘 똑같은 일상이지만 그 순간을 그냥 스쳐지나가지 않기 때문이다. 평면이 아닌 입체적으로 삶을 바라보자. 보이지 않는 부분까지 느끼며 각 면들이 주는 소소한 행복들을 찾아보자. 자신의 행동 하나하나에 의식을 넣는다면 대부분의 것들에 정성을 더하게 된다. 이유 없는 행동이 없듯, 곁에 있는 것들을 소중한 것으로 인식하게 된다.

가장 정답이면서도 흔히 알고 있는, 행복해서 웃는 게 아닌, 웃어서 행복한 거라는 말과 일치된다. 우리의 관점을 바꾸어 행복을 찾는 일. 용기를 내어 지금까지 닫고 산 무감각의 마음을 열어보자. 하나하나 느끼며 감사할 수 있는 길은 우리 모두에게 열려 있는 문이다. 다음은 내가 찾아낸 일상에서의 소소한 행복을 주는 행동들이다. 아주 단순한 행동이지만 실천하기에는 생각보다 용기가 필요하다. 그리고 그 용기는 단 한걸음만 내디뎌도 속도가 붙는다.

1. 나부터 친절해지자.

출근길에 엘리베이터에서 커피를 마시고 있는 이웃을 만났다. 나도 모르게 "커피향이 너무 좋아요"라고 말을 건네자 이웃은 "좀 드릴까요?"라며 가벼운 농담과 함께 밝게 미소 지었다.

그 후 우리는 내릴 때까지 대화를 했다. 말 한마디 건넸을 뿐인데 주변의 공기까지 바뀌는 것을 느꼈다. 사실 큰 노력이 필요하지 않다. 뉴욕에 있던 시절 알게 된 지인에게 “네 주위에는 아직 좋은 사람들이 있는 거 같아”라는 말을 들었다. 사람들이 나에게만 친절을 배푸는 것이 신기하다고도 했다. 그때 나는 마음속으로 말했다. ‘내가 운이 좋아서 그런 사람들을 만나는 게 아니야. 내가 먼저 그들에게 친절한 미소와 말을 건냈기 때문이야.’ 외국에 있을 때는 무조건 먼저 웃었던 기억이 난다. 내가 먼저 호의를 베풀면 타인도 기분 좋은 화답을 한다. 먼저 다른 사람에게 조금 더 친절해져보자. 그들의 반응이 어떠하든 나는 나로서 그들에게 줄 수 있는 미소를 주면 된다.

2. 행복은 스스로 만든다.

나는 커피를 좋아하지만 오후 3시 이후에 마시면 카페인 때문에 잠을 자지 못한다. 그래서 늘 3시 전에 커피를 마시려고 하다. 그때 마시는 커피는 나에게 행복이다. 하루 중 이때만 누릴 수 있는 나만의 기쁨. 다른 사람들에게는 언제나 마실 수 있는 특별함 없는 커피일지 모르지만 나에게는 어느 것과 바꿀 수 없는 순간이다. 이렇듯 행복은 어느 누가 만들어주는 것이 아닌 오로지 매 순간 내가 나에게 줄 수 있는 선물이다. 흔한 일상을 특별함으로 바꾸는 관점이 필요하다.

3. 곁에 있는 사람들과 눈을 맞추자.

사랑하는 사람들과의 소통 없이는 행복할 수 없다. 곁에 있는 사람들과 자연스럽게 숨을 섞는 삶, 그 소통을 통해 성장할 수 있다. 소통은 말뿐 아니라 표정과 온기도 포함된다. 그들이 보내는 따뜻한 눈빛으로 방전된 하루가 다시 충전된다. 서로가 서로의 온기를 빌려주며 다시 일어설 수 있도록 곁을 내주자. 지금은 소중한 사람들과 진정으로 함께하는 시간을 가질 때다.

4. 꿈을 향해 움직이자.

꿈은 열정을 가져다준다. 설레는 도전이다. 나는 글을 쓰는 사람이 되는 게 나의 꿈 중 하나였다. 지금 이 글을 쓰면서 두근거림을 맛보고 있다. 꿈에 한걸음 더 가까워진 기분이다. 꿈에는 완성이 없으므로 그 꿈을 향해 나아가는 길은 나를 풍성하게 만들어준다. 꿈을 실행으로 옮길 때는 용기와 결단력이 필요하다. 작가가 되기 위해서는 그에 맞는 특별한 교육이 필요하다는 세상의 편견이 있다. 하지만 그 편견을 뒤로한 채 나는 글을 쓰고 있다. 꿈과 관련해서 만큼은 아무 말이나 듣지 않는다. 불필요함은 과감히 떼어내고 욕심은 버렸다. 꿈은 곧 요동치는 기쁨이

다. 늘 살아 있음을 느끼고 꿈꾸게 해준다. 꿈을 생각만 하지 말고 행동으로 옮겨보자. 실행하는 과정 속에서 가슴부터 타오르는 큰 설렘을 느낄 수 있다. 그 설렘은 우리의 하루를 더 활기차게 만들어준다.

5. 오늘도 사랑하자.

오늘도 마음껏 사랑하라. 사랑은 계획해서도 미루어서도 안 될 것 중 하나다. 사랑은 죽어 있는 세포 하나까지도 말랑거리게 하는 힘이 있다. 나는 사랑을 조금 더 진지하게 해보라고 말하고 싶다. 진지하게 나와 주파수가 맞는 사람과 마음을 연결한다는 건 기적이다. 많은 사람들 중 마음이 통하는 사람을 만났다는 것을 소중히 생각하자. 그 소중함을 재지 말고 진심의 문을 활짝 열어 잠자는 사랑의 세포를 깨우길 바란다.

추운 겨울을 지나 봄이 오려는 길목에 날씨가 조금만 풀려도 사람들은 밖에 나와 그 순간을 맛보려 한다. 다가오는 봄을 조금이라도 느끼고 싶어서다. 날씨의 변화에는 민감하게 반응한다. 하지만 일상에서의 작은 온기와 사소한 기쁨을 느끼는 일에는 무감각하다. 잠들어 있는 모든 감각들을 깨우자. 새로운 행복을 맛보고 싶다면, 기존의 것을 그대로 유지한 채로는 더 나아질 수 없다. 행복은 무언가를 많이 가진 사람이 아니라, 옳은 길로 갈 용기와 감사할 줄 아는 사람에게 오는 선물이다. 삶을 이끄는 것은 오로지 나 자신이 할 수 있는 일이기에, 어떠한 용기를 낼지도 자신만이 택할 수 있다. 이왕이면 '행복해질 용기'를 내길 바란다.

익숙한 삶과의 결별

우리는 나만의 스토리로 가득한 한 권의 책을 만들고 있다. 그 안에는 수없이 넘어지고 성장하고 또 설렌 순간순간의 스토리가 있다. 각자의 스토리는 자신만이 깊이 알고 있다. 모두에게 "지금까지 쌓아온 자신만의 스토리가 맘에 드나요?"라고 묻고 싶다. 사실, 나는 나의 기록을 더 선명하고 가치 있는 것들로 채우고 싶었다. 그러기에 목표에 도착한 나보다 그 과정을 어떠한 태도로 보내는지가 더 중요했다. 그것이 바로 보이지 않는 스토리이다. 나의 인생 대본이 정말 내가 원하는 삶으로 채워지길 바랐다. 그 안에서 진정한 행복을 느끼는 것, 그래서 다시 한 번 나의 인생 스토리를 들여다봤고 익숙한 삶과 결별해야 함을 알았다.

몇 년 전의 나는 너무 약한 마음과 정신을 가지고 있었다. 오늘에 집중하지 못하고 걷잡을 수 없는 생각과 감정이 나를 괴롭혔다. 중요한 것은 나 자신이 무엇을 원하는지 어떤 사람인지조차 알기 어려웠다. 중심이 없는 삶은 제대로 나아가기가 힘들었다. 그럴수록 나라는 사람을 잃어버리는 기분이 들었다. 이렇게 살아가는 것이 아무 의미 없다고 느껴지자 언제까지 버틸 수 있을지 덜컥 겁이 났다. 변화가 절실했다. 그러던 중 뉴욕에서 혼자 살 수 있는 기회가 왔고 나는 어떤 준비도 없이 바로 뉴욕행 비행기에 몸을 실었다. 나의 인생을 다른 색으로 채울 수 있는 기회이자 익숙한 삶과 결별할 계기였다. 그곳에서 나를 돌아보는 충분한 시간을 가졌다. 스스로에게 질문하며 나의 마음속 상태는 어떤지, 어떤 삶을 살아가고 싶은지 등에 대해 많은 생각을 했다. 공정한 관찰자가 되어 나를 바라보았다. 모든 경험은 성장을 위한 도구이므로 그 도구를 잘 사용하고 싶었다. 나에게 가장 큰 감동을 준 것은 뉴욕커들의 '단순한 생활'이었다. 물론 무조건적인 화려함을 추구하는 사람들도 있지만 그들보다 내 주위에 있었던 심플한 삶을 사는 사람들에 집중했다. 소소한 것에 행복을 충분히 느끼며 자신의 삶을 사랑하는 사람들이다. 그들에게 느껴지는 첫인상은 건강함이었다. 얼굴에는 생기가 넘치며 동작에는 배려와 친절이 있었다. 내적으로 풍요롭기 때문에 다른 사람을 돕는 일도 즐겁게 할 수 있었다. 그때 만난 한 친구를 소개하려 한다.

그는 이지라는 이름을 가진 스타벅스에서 일하는 흑인이다. 늘 집에서 가까운 스타벅스에서 공부하던 나는 그날도 창가 쪽 자리에 앉아 공부를 하고 있었다. 그때 이지가 나에게 무슨 책을 보고 있냐고 질문했고 그날로 우리는 친구가 되었다. 아프리카에서 온 이지는 늘 친절하고 따뜻했다. 그가 일하는 모습과 손님을 대하는 목소리만 들어도 자신의 일에 얼마나 큰 열정을 가지고 있는지 알 수 있었다. 그는 나보다 2살 어렸지만 늘 성실했고 본인이 할 수 있는 최선을 다했다. 그의 삶은 참 단순했다. 아프리카에서 뉴욕으로 온 뒤 혼자의 힘으로 여기까지 왔고 다음 목표는 정규직이 되는 것이라 했다. 하지만 지금도 만족하며 살고 현재의 자신도 좋다고 말했다. 꼭 무언가가 되어서가 아니라 오늘도 할 수 있는 일이 있으며 하루를 충실하게 보내고 있기 때문이다. 나보다 어린 동생이 이런 말을 하다니! 그 후에 우리는 더 친해졌고 덕분에 나에게 스타벅스 커피는 늘 공짜가 되었다. 뿐만 아니라 그곳에 갈 때마다 늘 반갑게 맞이해주는 다른 사람들도 만날 수 있었다. 종종 밤에 혼자 있기 싫을 때는 책을 들고 스타벅스로 갔다. 그곳에 이지가 있기 때문이다. 험난한 뉴욕에서 이지는 늘 든든한 친구였다. 지금도 그 친구를 기억하면 마음이 따뜻해진다.

이지는 삶에서 중요한 것이 무엇인지를 알고 살아가는 친구처럼 느껴졌다. 현실적 단순함 속에서도 좋은 열정과 에너지를 유지하는 삶. 나는 그곳에서의 생활을 통해 정말 많이 변했다. 나의 시선과 관점이 더 올바른 곳으로 맞춰졌고 생각의 폭이 넓어졌다. 혹시 이것들을 잊을까 봐 늘 노트에 적었다. 무엇이 진정 가치 있는 길과 태도인지, 행복과 가까운 삶은 무엇인지, 지금 나의 감정과 생각은 어떤지, 적고 또 적었다. 이것을 통해 새로운 문화, 사람들, 가치관, 생각, 태도들을 받아들일 준비가 되었다. 그러자 단순함이라는 게 무엇인지 더 선명하게 느껴보고 싶었다. 신기한 건 나는 원래 단순한 삶과 거리가 먼 사람이었다. 하지만 생각할 수 있는 환경에 가니 나는 변하고 있던 것이다. 뉴욕이라는 환경은 나를 편안하게 해주는 최고의 장소였다. 어느 누구도 의식하지 않고 오로지 나에게 집중하며 행복을 찾아 나서는 삶. 나는 그곳에 가서 내가 누구인지를 분명하게 알게 되었다. 내가 어떤 걸 좋아하고 어떤 방향으로 가고 싶은 사람인지를 구체적으로 깨닫게 되었다. 아무도 의식하지 않은 자연스러운 나를 만나는 시간. 이런 자연스러움은 나의 내면을 마주하고 마음을 열 자신감과 용기를 준다. 또 많은 책을 통해 관심이 가는 태도 또한 노트에 적었다. 당장은 그 태도를 다 내 것으로 흡수하지 못한다 해도 적는 행동만으로도 나의 정신과 마음이 건강해짐을 느꼈다. 내 표정과 다른 사람을 대하는 태도에서 그것을 알아챌 수 있다. 나만의 기준이 생기다 보니 다른 사람들의 말에 흔들림이 적었고 다른 이의 시선에 신경 쓰기보다는 나의 행복을 찾아 꿋꿋하게 걸어갈 수 있는 용기를 냈다. 용기는 마음에 확신이 생길 때 더 강하게 자리 잡힌다. 올바른 용기는 늘 좋은 기운을 주기 마련이다. 익숙한 삶에서 돌아서기 위해서는 뒤에 있는 것들을 자꾸 꺼내면 좋지 않다. 감정에 영향을 받기 때문에 좋은 에너지를 잃을 수 있다. 과거가 아닌 지금 그리고 더 나을 미래에 집중하자. 오늘 한 단계 용기를 냈다면, 내일은 더 설레는 가슴을 가질 수 있다.

자우림의 노래 중 〈스물다섯, 스물하나〉의 뮤직비디오 일부에는 이런 내용이 있다. "아파트 평수, 자동차 배기량, 은행잔고 그의 희망은 이미 그런 종류의 것이 아니었다. 그는 자신이 시시하다고 생각했다." 과거를 생각해보면 우리에게 너무 익숙해진 삶이 부끄럽게 여겨질 때가 있다. 무엇이 그렇게 중요했기에 늘 쉼 없이 앞만 보고 달렸을까? 무엇이 그렇게 겁났기에 나의 목소리

조차 제대로 발하지 못했을까? 같은 조건을 갖춘 사람들 중에서 이미 내적인 만족을 느끼며 사는 사람들이 많다. 그들로부터 배울 필요가 있다. 사람은 좋은 상대를 통해서 배우고 성장하기도 한다. 또 나를 성장시키고 만들어가는 것들이 무엇인지 생각하자. 그것들은 나의 중심에서 기둥 역할을 하기 때문에 중요한 요소다. 나의 방향을 잡아주는 일. 나는 그 기둥을 단순한 삶으로 정했다. 보이는 것들이 아닌 보이지 않아서 더 소중한 것들이다. 뉴욕에서의 나는 주로 에코백을 들고 다녔다. 편했다. 에코백을 든 것만으로도 나의 마음과 태도가 편해졌다. 아마 자신이 원하는 길을 알아가고 내적으로 충만해지니 외적인 것도 나와 닮은 것들로 이루어지는 것 아닌가 싶다. 오로지 몸이 원하는 자연스러움만 추구하게 되었다. 놓아줘야 할 것은 때로는 과감하게 놓아주어야 소중한 것들을 발견할 수 있다. 뉴욕에서의 삶 하나하나는 스스로가 선택한 삶의 길이었다.

진정한 아름다움이 무엇인지 헷갈리는 시대에 살고 있다. 확실한 기준이 있는 변화가 필요하다. 변화는 지금부터다. 나다운 길로 나를 더 옳은 것에 강하게 길들이자. 불필요하게 익숙했던 무언가를 놓아준다면 더 값진 선물이 자신에게 돌아온다. 희망이 있는 삶은 나의 심장을 계속 춤추게 한다. "지금의 길에 그렇게 애쓰지 않아도 된다. 그전에 먼저 자신을 위해 진정한 행복을 느낄 수 있는 삶이 무엇인지 그 본질을 생각해보자." 나는 당당하게 이 말을 건네고 싶다. 그 생각이 첫 번째 단추임을 알기에.

지금, 필요한 건 단순하게 살기

어느 날 문득 '지금 나답게 살고 있는 걸까?' 이런 생각이 들었다. 우리는 늘 행복을 목표로 많은 것을 원하고 배우며 바쁘게 무언가를 계속한다. 정말 이 모든 것들이 필요한 것일까? 나의 존재 자체를 충만하게 느끼게 해주지 못하는 나날들은 행복과 거리가 멀다. 나는 많은 것을 갈망하고 추구하는 대신 좀 더 의미 있게 살고 싶었다. 진정으로 의미 있는 삶은 결국 끝없던 공허함을 채워줄 것이다. 그 속에서 자유를 찾고 중요한 것에 집중할 수 있는 순간들을 보내고 싶었다. 그렇다면 지금 이 순간 자신을 위해 좀 더 단순한 삶을 선택해보자. 단순한 삶은 첫 걸음부터 우리를 편안하게 만들어준다.

몇 년 전부터 많은 관심을 받기 시작한 잡지 《킨포크》는 새로운 라이프스타일을 제안하며 '킨포크 스타일'이라는 붐을 일으켰다. 이 잡지는 어떤 매력이 있기에 사람들이 빠져들고 있을까? 《킨포크》는 빠름에서 느림으로, 홀로에서 함께로, 복잡함에서 단순함으로 자연과 조화를 이루는 라이프스타일의 이야기다. 쉴 새 없이 앞만 보고 달려가는 사람들은 이 잡지를 읽으며 간접적으로 여유와 편안함을 느낀다. 나 역시 《킨포크》를 좋아한다. 그들의 이야기와 사진을 접할 때면 참 '건강'하다는 생각이 든다. 앞서 말한 본질, 즉 우리에게 가장 필요한 기본적인 것들에 대해 많이 느낄 수 있다. 많은 사람들은 단순한 라이프스타일을 가지고 싶음에도 킨포크 스타일과 같은 삶을 가질 용기를 내지 못한다. 그런 삶은 사치라고 생각하기 때문이다. 하지만 그들은 유명한 스타나 부유한 사람들이 아니라 일상을 살아가는 보통 사람들이다. 다른 점이 있다면 그들은 바쁜 와중에도 자연을 누리고 저녁에 가족과 함께하는 시간을 즐기며 단순한 삶을 보낸다는 것이다. 결국 겉이 아닌 내적인 문제다. 생각보다 어렵지 않고 결코 사치도 아니다. 나에게는 어울리지 않는 삶이라고 생각하지 말고 하나하나 실천해보자.

"변화를 원한다, 변화를 해야만 한다."

"우리는 지금보다 더 단순한 삶을 살아야 한다."

우선 자신이 소중하게 여기는 것이 무엇인지 알아야 한다. 한 박자 천천히 살며 행복을 짓는 하얼과 페달 부부가 있다. 이들은 꼭 필요한 연락만 주고받고 자연의 흐름에 하루를 맡기며 행복한 삶을 살고 있다. 아내 페달이 말했다.

"뭔가 이 삶이 아닌 것 같아, 괴로워, 근데 어떻게 벗어나야 할지 모르는 사람들한테 메시지를 던지고 싶은 거예요. 이렇게 살 수도 있어요. 그 시스템에서 벗어나도 죽지 않아요."

페달의 말 중에 '그 시스템에서 벗어나도 죽지 않는다'라는 말이 와 닿았다. 많은 사람들은 모두가 가는 방향에서 벗어나지 않아야 잘 살고 있다고 생각한다. 하지만 다른 길도 있다고 말해주고 싶다. 우리가 익숙해진 그 시스템은 생각보다 별 거 아니다. 꼭 그 길을 고집해야 하는 특별한 이유도 사실은 없다. 자신이 걷고 있는 길에 대한 진지한 생각보다는 그저 그 길이 익숙하고 남들이 가는 길이므로 안전하다고 생각한다. 긴장된 몸을 잠시 편안하게 풀어주고 주위에 있는 소소한 행복에 주의를 기울여 보자. 사랑하는 가족들과 얼마의 시간을 보내는지 생각해보자. 저녁에 가족과 함께할 식사가 있다는 것은 축복이다. 그 축복을 누릴 줄 알아야 한다. 헛된 바람을 좇느라 소중한 것들을 놓치지 말길 바란다. 더 가치 있는 것들을 위해 시간을 보내자. 단순하게 사는 삶은 가장 소중한 것들을 챙길 수 있다.

미국의 심리학자 윌리엄 제임스는 이렇게 말했다.

"우리 세대의 가장 위대한 발견은, 사람은 자신의 마음가짐을 바꿈으로써 자신의 삶을 단순하게 바꿀 수 있다는 것이다."

외적인 것이 아닌 내적인 문제로, 우리의 마음가짐을 올바른 방향으로 성장시켜 나가는 일이 중요하다. 마음가짐을 좀 더 올바르고 건강하게 한다면 하루하루가 선물처럼 느껴질 것이다. 소중한 것에 집중하고 주위의 영향으로부터 조심하자. 함부로 나의 삶에 들어오지 못하도록 때로는 편애가 필요하다. 우리의 에너지를 가까이 있는 가족, 이웃들과 함께하는 시간으로 향하게 하여 건강한 소통을 하는 삶을 살자. 단순한 길을 위해 성장을 막는 요소들을 내려놓다 보면, 마음을 비우고 즐기게 될 것이다. 걱정하지 마라. 단순한 길로 가는 길에서 곧 춤을 출 만큼 가벼워진 자신을 만나게 될 것이다.

삶에는 여백이 필요하다

오로지 나 자신을 위한 여백이 필요할 때가 있다. 정신없이 흘러가는 시간 속에서 잠시나마 마음속 여유를 누리고 싶을 때가 있다. 뒤처지지 않으려는 욕망과 더 앞서려는 욕망에 너무 익숙해진 나머지 무언가로 삶을 꽉 채우지 않으면 불안하기까지 하다. 지금까지 방황하고 건강하지 못한 삶을 살았다면, 이제라도 '삶의 여백'을 찾아 건강한 삶의 길로 핸들을 돌려보자.

자신을 완성시키는 것은 빽빽한 일정이 아닌, 여백이다. 여백을 통해 나 자신을 분명하게 보고 나를 위한 삶의 속도를 다시 찾아보자. 나는 생각을 정리하고 싶을 때 '공간'을 먼저 찾는다. 나에게 그 공간은 편안함을 주는 카페와 여행지이다. 나의 흐름을 편안하게 만들어주는 음악이 흐르는 카페에 그날의 감정과 맞는 책을 들고 가서 읽기도 하고, 문득 떠오르는 생각들을 글로 적어본다. 글을 적으면 생각이 정리된다. 그 문장이 기초가 되어 더 나은 내가 되도록 흔들어준다. 이로써 하루의 삶의 무게가 풀리는 기분이 든다.

종종 좋아하는 사람들의 인터뷰 기사들을 읽고는 한다. 그들이 어떠한 태도로 삶을 살아가는지 읽다 보면 내가 놓친 부분에 대해 생각하게 된다. 혼자 뉴욕에서 살던 시절에는 모델 장윤주의 인터뷰 기사를 자주 읽었다. 나는 그녀가 삶을 대하는 태도가 좋았다. 나의 생각과 비슷한 부분이 많아서 그녀의 기사를 읽고 있으면 마음이 편안해지고 소통하는 기분이 들었다.

여행은 나에게 많은 깨달음을 준다. 내가 가지고 있는 작은 세계로부터 벗어나 더 넓은 생각과 감정의 조율을 할 수 있도록 도와준다. 새로운 곳에서 낯선 사람들과의 섞임은 인생의 여러 가지 색을 느끼게 해준다. 내가 연연했던 아주 사소한 것들이 그렇게 큰 의미가 없었음을 소리 없이 알려준다. 그러고는 회색빛 걱정들은 길목에 내려놓고 다음 장소를 향해 발걸음을 뗄 수 있도록 가볍게 밀어준다.

세상은 우리에 대한 배려 없이 언제나 같은 속도로 흘러가고 있다. 그렇기에 여백이 필요하다. 다음 요리를 위해 냉장고에 알맞은 재료들로 채워넣듯 여백의 시간 동안 내가 놓친 부분과 더 가치 있는 것들이 무엇인지 정리한다. 그러다 보면 결국 일도 잘 풀리게 된다. 아무리 바쁜 날이라도 나를 위한 온전한 시간을 꼭 가지려 한다. 그 잠시뿐인 시간이 나를 가장 살아 있게 만들고 다시금 잘 살고 싶은 의욕을 갖게 하기에 중요한 순간이다. 안정된 행복감은 이 행복이 곧 달아날까 봐 불안해하지 않는다. 쉽게 사라지지도 없어지지도 않을 행복이다. 내가 찾기만 한다면 늘 곁에 있어줄 행복, 그것은 오로지 지금 나만의 방식으로 느낄 수 있다.

좋은 사람이 되어야 그만한 좋은 사람이 나타났을 때 알아볼 수 있다고 한다. 마찬가지로 행복에 가까운 삶을 살아야 진정하고 지속적인 행복이 왔을 때 알아챌 수 있다. 잠시 멈추고 자신을 돌아보자. 그리고 삶의 질에 관심을 가지자. 물질보다는 소소한 행복과 사람이 중심이 되는 삶을 살아야 한다. 소소한 행복은 삶의 여백에서 쉽게 느낄 수 있다. 행복은 큰 것이 아니다. 사랑하는 사람에게 빛나는 다이아몬드를 받을 때보다 사실 따뜻한 말 한마디와 진실된 행동에 더 감동을 받는다. 우리 모두는 삶의 여백을 통해 성장한다. 그 여백은 우리가 평생 같은 수준에 머물지 않도록 지원해준다. 실수를 했다면 그 여백이 자신을 냉정하게 바라보기도 하고 따뜻하게 품어주기도 한다. 자신의 부족한 점을 인내의 여백을 통해 성장시킨다. 그것이 우리를 깊고 넓은 생각을 갖도록 만들고 그로 인해 더 나은 길로 걷도록 이끈다.

멈추는 것을 불안해하는 사람들이 있다. 하지만 오히려 잠시 멈춤으로써 더 성장한다. 멈출 때에만 보이고 느끼는 것들이 분명 있다. 가끔 친구에게 전화로 신세한탄을 할 때 친구가 해준 말이 기억난다. 친구는 나에게 "시련에는 분명 이유가 있을 거라고, 아마도 더 큰 선물을 주기 위해 지금 잠시의 훈련을 하나보다"라고 말했다. 그 말이 참 위로가 됐다. 훈련이란 분명 배울 것이 있고 성장의 걸음걸이다. 난 친구의 그 말을 듣고 다른 각도에서 생각해보았다. 내가 일어난 일들에만 너무 초점을 두고 있는 건 아닌지 더 큰 그림을 보기 시작했다. 일어난 일들을 당장 해결하고자 안절부절 감정에만 집중하다 보면 오히려 큰 구멍이 생길 가능성이 크다. 오히려 나에게 어떤 훈련이 주어진 걸까 생각했다. 이 일을 통해 어떤 성장을 할 수 있을지, 깨져버린 그릇 조각들을 천천히 하나하나 다시 붙여가는 일이 필요했다. 여백의 시간을 통해 불순물은 제거하며 조각들을 이어나갔다. 그렇게 하나씩 깨어진 조각들을 붙이다 보면 그 조각 너머의 것들을 발견할 수 있다.

모든 경험 이면에는 깨달음이 있다. 그리고 그 깨달음에 초점을 맞추면 사실 그렇게 불행한 일도 없다. 여백의 시간을 통해 초점의 방향을 옮기는 일. 초점을 옮겨 바라본다면 예상치 못한 기회들을 만나기도 한다. 여백이 주는 감각은 생각보다 강하다. 첫 번째로 여백은 긴장을 풀어준다. 몸이 긴장하면 숨도 긴장되고 그러다 보면 뇌가 제기능을 하기 힘들어한다. 삶이라는 무대에 서기 위해서는 한결 가벼워진 몸과 마음이 필요하다. 가벼워진 몸과 마음으로 춤을 추고 싶지 않은가? 삶을 좀 더 긍정적이고 즐거운 무대로 바라보기 위해서는 여백을 잘 활용해야 한다. 그래서 부정적인 감정이 들이닥칠 때 여백을 찾는다. 핸드폰도 방전되면 충전기를 꽂고 가만히 두어야 하듯 사람도 마찬가지다. 차분히 생각하며 다시 좋은 에너지를 회복시켜 마음의 근사함을 유지하는 일. 부정적 감정을 보내버릴 수 있다는 것에 참 다행이라 생각한다. 그렇게 순간을 잘 보내고 싶다.

여백은 비움의 시간이라고도 말할 수 있다. 휴가를 뜻하는 바캉스(vacance)라는 말은 텅 비우다는 데서 온 말이다. 휴가 또한 여유로운 쉼표를 찍는 순간이다. 어떤 사람은 지친 삶에서 다시 좋은 에너지를 얻기 위해 여행을 택한다. 여행은 재충전의 의미이자 올바르게 살고 있는지 점검하는 기회다. '칠주일좌(七走一座)'라는 말이 있다. 일곱 번 달렸으면 한 번은 앉으라는 의미이다. 조금은 느리게, 잠시 멈출 줄 아는 것은 자신을 소중히 생각하는 태도이다. 사회에서 언제나 상대에게 잘 보이기 위해 애썼다면 이제는 나 자신을 존중해보자. '삶의 여백'은 오로지 내가 만들 수 있는 나만의 것으로 그 안에서 나다움을 끌어내자. 그 시간을 가치 있게 생각하여 좀 더 싱그럽게 숨 쉬며 가슴 떨리는 인생을 살아가자.

편견을 버릴 때 비로소 심플한 삶이 시작된다

세상은 많이 가질수록 편안한 생활을 할 수 있다고 말한다. 물론 어느 정도의 편함은 가질 수 있다. 원하는 것은 언제나 얻을 수 있고 먹고 싶은 것은 걱정 없이 먹을 수 있다. 하지만 많은 것을 가질수록 빼앗기거나 잃을까 봐 늘 걱정하고 어떻게 하면 더 가질 수 있을지 전전긍긍한다. 보이는 것들에 현혹되고 판단하여 자신의 삶과 비교한다. 그러한 상태는 결코 자신에게 여유를 줄 수 없다. 물질적인 부유와 상관없이 참된 인생을 사는 사람일수록 단순한 삶을 살고 있다. 우리는 세상이 만들어놓은 행복의 기준에서 벗어나 지금 우리에게 필요한 단순한 삶을 생각해봐야 한다. 속은 텅 비고 겉만 화려한 포장지 대신, 단순한 삶의 상자는 그 속이 가치 있는 것들로 가득 차 있다.

어느 부자가 임종 직전 두 아들을 불러 열쇠 한 개를 주며 말했다. "내가 일평생 모은 재산 전부를 이 열쇠로 열 수 있는 상자 안에 넣어두었다. 하지만 너희 중 한 명에게만 열쇠를 줄 수 있겠구나." 깜짝 놀라는 두 아들을 보며 부자는 말을 이었다. "단, 이 열쇠를 받는 사람은 우리 집안과 회사의 모든 책임을 져야 하며 나의 뜻에 따라 내 방식대로 살아야 한다. 하지만 열쇠를 선택하지 않으면 인생을 자신이 원하는 대로, 자신의 뜻과 방식에 따라 살 수 있다." 큰아들은 열쇠를 바라보며 속으로 중얼거렸다. '저 열쇠를 받는다면 비록 자유는 잃어버려도 평생 고생하지 않고 살 수 있겠지? 그래, 바깥세상이 아무리 멋지고 신난다고 해도 사람일은 모르는 거잖아. 혹시나 큰 사고라도 당하면 어쩌겠어?' 작은아들도 깊은 생각에 잠겼다. '저 재산을 받아들이는 순간 나는 자유를 잃는다. 나의 생각과 주장대로 살지 못하는 인생이 과연 무슨 의미가 있을까?' 결국 작은아들이 먼저 입을 열었다. "열쇠는 형님이 받으십시오. 만일 그걸 원하신다면요." 큰아들은 흔쾌히 동생의 제안을 받아들였다. 그 후로 수년이 흘렀다. 큰아들은 안락하고 부유한 생활에 지나치게 안주한 나머지

처음의 원대한 포부를 완전히 잃어버리고 술과 향락에 빠졌다. 게다가 아버지의 뜻과 방식을 저버리고 제멋대로 방만하게 회사를 운영했다. 그 결과 회사는 부도가 났으며 큰아들도 파산하고 말았다. 작은아들은 아버지가 돌아가신 후 곧장 시골로 이사를 갔다. 그곳에서 그는 풍요롭지는 않지만 자연과 더불어 살며 온전히 자신의 뜻에 따라 자기가 좋아하는 일에 몰두했다. 그리고 마침내 훌륭한 화가가 되었다. 《느리게 더 느리게》에 나오는 이야기다. 동생은 온전히 자신의 인생을 택했다. 그 길이 물질적으로는 풍요롭지 않았지만 자신에게 소중한 것들에 집중하므로 꿈을 이룬 것이다. 그런 삶은 무언가를 많이 가졌을 때보다 훨씬 큰 만족감을 준다. 한번쯤은 멈춰서 생각해보자. 그럼 다른 길이 보일 것이다.

바둑 용어 중에 '반외팔목'이라는 말이 있다. 훈수꾼이 여덟 수를 더 본다는 말이다. 바로 가까이에 있는 것을 볼 때는 불안하여 잘 보이지 않던 것이 멀리서 보면 잘 보인다는 것이다. 너무 좁은 시야로 자신의 삶을 평가하는 경우가 있다. 지금 이 선택 말고는 다른 길이 없을 거 같고, 아무것도 할 수 없을 거 같으며 불안해한다. 그리고 급하게 판단하고 상황에 맞추며 살아간다. 좀 더 멀리서 생각해보면 마음에 여유가 생긴다. 그 여유를 가지고 다른 방향의 길도 볼 줄 알아야 편하다. 늘 갖던 생각과 조급함이 아닌 좀 더 나은 길이 있을 수 있다는 생각, 기존에 가지고 있던 편견 밖을 바라보는 시선. 사실 사람마다 생각의 기준이 다르기에 이렇게 해야 행복하고 이럴 때 불행하다고 단정 지을 수 없지만, 본질적인 행복의 기준은 하나다. 단순한 삶, 좀 더 심플할수록 행복의 수치가 올라가는 건 분명하다. 내려놓고 놓아주면 말로 표현할 수 없는 신선한 감각이 나에게 주어진다. 물질을 많이 얻었을 때의 감각과는 다른 기쁨의 희열이다.

지금 펜을 들고 나를 느끼며 생각들을 적어보자. 내가 원하는 것이 무엇이고, 행복하게 만드는 요소가 무엇인지, 멈추어 생각해보자. 우리는 이미 존재만으로 충분하다. 그런데 자신을 세상의 바퀴에만 맞추려고 애쓸 필요가 있을까? 가지고 있는 편견들에서 벗어나 좀 더 심플해질 필요가 있다.

나만의 인생을 사는 것

"우리 모두에겐 자신만의 인생길이 있습니다. 그걸 알면서도 우리는 어떤 명품도 그리고 속된 말로 '짝퉁'도 아닌 인생을 만들어버렸는지도 모릅니다." _ 김종선,《멘토와 함께 걷는 길》중에서

사실 우리는 온전히 다른 사람이 될 수는 없다. 종종 다른 사람의 색이 묻은 옷을 입고 하루를 살아간다. 그러한 길은 결코 편하지는 않다. 온전한 내가 아닌 다른 모습으로 하루, 한 달 그

리고 일 년을 산다는 게 자연스러울 리가 없다. 뉴욕에 있을 때 소호거리에 있는 한 카페에 앉아 창밖으로 지나가는 사람들을 관찰하고는 했다. 그들을 보면 두 가지 부류의 사람들이 있음을 알 수 있다. 한 부류는 머리부터 발끝까지 자신의 독특한 개성으로 똘똘 뭉친 모델 같은 사람들이다. 그들은 자신만의 빛을 활활 펼치고 자신감 있게 걸어 다닌다. 또 다른 부류는 최대한 자연스러운 매력을 담고 있는 사람들이다. 이 두 부류 모두 자연스럽게 각자의 빛을 가지고 있다. 나는 후자에 속한다. 주위의 사람들은 종종 나에게 "블링블링하게 좀 꾸며봐. 더 높은 힐도 신고 밝은 립스틱도 바르고 좀 꾸미고 다녀!"라고 말한다. 그럴 때마다 나는 "지금 이 모습이 나야, 내 스타일이라고!" 이렇게 말한다. 사실 나도 한때는 보여주기 위해서 높은 힐도 신어보고, 잘 그리지도 못하는 아이라인에 반짝이는 액세서리도 해본 적이 있다. 하지만 '작심하루'였다. 그런 나의 모습에 왠지 모르게 불편했고 아름답다는 생각도 들지 않았다. 거울을 봐도 어색하고 빨리 이 힐을 벗어던지고 땅과 더 가까워지고 싶을 뿐이었다.

세상에는 정답이 없다. 하지만 각자의 빛은 분명하다. 각자가 가지고 있는 감성과 에너지는 자연스럽게 뿜어져 나오는 가장 아름다운 매력이다. 자신만의 인생길에서 나만의 색으로 한 발 한 발 당당하게 나아간다면 그 모습이 가장 아름다운 모습이 될 것이다. 그래서인지 자연스럽게 나이 드는 사람들을 보면 그들만의 깊이가 느껴진다. 어떠한 치장이나 꾸밈으로 나이를 위장하려하지 않고 그대로 드러나는 자연스러움이 멋지다.

뉴욕에 살던 시절 나는 혼자만의 시간을 통해 '나'라는 사람을 분명한 색으로 만들어갔다. 늘 가지고 다니는 노트를 꺼내 생각을 적어보기도 하며 그날의 감정을 글과 그림으로 표현하는 걸 즐겼다. 그럴수록 지금 내 상태가 어떤지 나와의 대화를 할 수 있었다. 또 키는 작지만 굽이 거의 없는 플랫슈즈를 선호한다. 여행은 주로 혼자 하는 것을 좋아하고 새로운 곳에서 낯선 사람들과의 대화를 즐긴다. 주위 사람들은 나를 '베이지와 카키가 잘 어울리는 아이'라고 한다. 이렇듯 특별한 건 없지만 나만의 사고방식, 성격, 태도 모두 세상 어디에도 없는 온전한 나의 모습이다. 모두 각자의 빛을 이미 가지고 있다. 그러니 그 빛을 자연스럽게 표출하면 된다.

"자신을 위해서 나라는 우물을 다시 채우자. 그럴 시간이 없다고 생각하는 사람은 '나는 나 자신에게 줄 삶도, 나를 위해서 살 삶도 없어요'라고 말하는 셈이다. 하지만 자신을 위해 살아갈 삶이 없다면, 우리가 이곳에 있을 이유가 무엇이겠는가?" _ 오프라 윈프리, 《내가 확실히 아는 것들》 중에서 오프라 윈프리는 자신만의 가치관이 뚜렷하다. 자신이 어떤 선택을 해야 행복할지, 무엇이 더 나은 길인지 분명히 알고 있는 사람이다. 그녀의 말처럼 자신을 위해서 나라는 우물을 다시 채우자. 그 우물 안에 나를 살아 있게 만들어주는 향으로 가득 채우자. 그 향으로 한 걸음씩 나아간다면 어느새 진정한 나를 만날 수 있을 것이다. 사실 나도 처음부터 나만의 길과 색을 찾진 못했다. 처음부터 나의 우물에 채울 것들을 발견하기란 쉽지 않다. 혹시 무언가로 채웠지만 이 길이 아닌 것 같다면, 다시 채우면 된다. 내면의 공간에 무엇이 담겨 있는지 확인하고 새로운 것들을 더해가자. 자신의 길을 걷고 있어야 많은 기회들이 왔을 때 그 가치를 알고 잡을 수 있다. 나에게 집중된 시간은 결코 이기적인 시간을 의미하는 것이 아니다. 온전히 나로서 하루를 충실히 보낼 수 있도록 나를 존중하며 지내는 시간들이다. 다른 사람을 모방하는 삶으로는 결코 '행복'을 발견하지 못한다. 그 길은 불안한 통로이다. 우리 모두에게 주어진 각자의 길에서 자신만의 모습으로, '성숙'이라는 곳으로 하루하루 걸어간다면 그보다 더 풍요롭고 아름다운 삶이 어디 있을까? 아마 그곳에 도착했을 때 "아, 그때 멈추지 않기를 잘했다. 여기까지 오느라 수고했다"라고 스스로에게 말해줄 수 있을 것이다.

무언가에 이끌리는 것이 아닌 나만의 방식으로 걷는 한 걸음.

많이 넘어져도 괜찮다. 다시 일어나 나에게 어울리지 않는 먼지를 툴툴 털어내고 나의 향을 다시 입히면 된다. 싱그러운 향 곁에는 행복을 더해주는 나비 같은 요소들이 따라오기 마련이다. 그러니 언제나 당신만의 길을 응원한다.

2장

버릴수록 채워진다

지금도 충분하다

인생을 살아가는 일은 여행과 같다. 여행가방에 너무 많은 것들을 담다 보면 점점 무거워지고 몸과 마음은 감당하지 못하고 지쳐가지만 쉽게 내려놓지 못한다. 몸은 그것들을 지탱하느라 힘들다고 말하지만 그 안에 담긴 것들이 많을수록 나는 잘 살고 있다고 혹은 성공했다는 위험한 착각을 한다. 물건과 나를 함께 생각하는 것이다. 착각의 늪에서 벗어나기란 쉽지가 않아 무의식적으로 더 소유하려 한다. 지금이라도 그 위험한 욕망에서 벗어나 충분함을 생각해보자.

인생에서 적당한 선을 유지해야 할 것들이 있다. 그것이 바로 소유한 것에 대한 충분함이다. 욕심이 생길수록 실수를 하게 된다. 욕심이 집착으로 이어져 중심을 잃고 옆을 둘러볼 여유가 없다. 물건도 마찬가지다. 누군가가 가졌다는 이유로 소유욕이 강해져 그 물건만 생각한다. 연예인이 든 가방, 친구가 산 외제차 등 눈에 보이는 것들은 우리의 환심을 사고 마음을 휘두르며 행동으로 이어지게 만든다. 결국 욕심과 질투로 환원되어 갖지 못하면 불안해한다. 그런 것들 중에는 정작 필요하지 않은 것들이 대부분이지만 자신을 괴롭게 만든다. 그렇게 여행가방 속 물건은 늘어만 가고 쓸모없는 물건들을 계속 두면서 새로운 것들을 쌓아올린다.

사실 소비에는 만족이 없다. 스스로 '충분하다'는 마침표를 찍을 때까지 계속 갈망한다. 그 갈망은 탐욕으로 이어지고 결국 빠져나오기 힘든 상태에 이른다. 물건은 잠시의 즐거움만 줄뿐 만족하기가 힘들다. 물건보다 더 의미 있는 것들이 무엇인지 생각해보자. 여행가방 안에 담은 내용물에 집착하지 말고 자신에게 시선을 돌리자.

"아깝다, 가지고 싶다
생각하지 않으니

지금 세상이
내 것이구나." _ 나토리 호겐, 《신경 쓰지 않는 연습》 중에서

'지금 세상이 내 것이구나'라고 느낄 때 비로소 내가 나의 삶을 살게 되는 것이다. 충분함을 알고 물건이 아닌 나에게 집중할 때 우리는 삶의 주인공이 된다. 물건을 나와 연결 짓지 말자. 이것만 계속 의식해도 마음이 점점 홀가분해진다. 물론 필요한 물건들도 분명 있다. 진정으로 필요한 것이 무엇인지 알기 위해서 자기 자신을 잘 알아야 한다. 자신의 마음이 진정 어떤 삶을 살고 싶은지 알아야 그것에 어울리는 것이 무엇인지도 알 수 있기 때문이다. 여행을 갈 때 짐이 너무 많으면 여행을 충분히 즐길 수가 없다. 그러니 나의 곁에 꼭 두어야 하는 것들만 챙기자.

요즘에는 사람들에게 잘 보이기 위해 일부러 자신을 과장해서 꾸미는 사람들이 많다. 소위 말하는 '허세'를 부리는 것이다. 더 좋은 물건을 원하는 마음도 허세이다. 너무 과하게 허세를 부리는 사람들은 자연스럽지 않다. 한때 보이는 모습에 죽고 사는 지인이 있었다. 언제나 좋은 것만 먹고 입으려 했다. 최신 자동차가 나오면 바꾸길 원했고 늘 사람들 앞에서 허세 부리기를 좋아했다. 그는 테이블 위에 명품 지갑을 가지런히 올려놓았다. 지금 그 사람을 생각해보면, 참 애쓰며 사는구나라는 생각이 든다.

그 사람에게는 소유의 마침표와 쉼표가 있을까? 물론 사람에게는 각자의 이미지가 중요하다. 하지만 그 이미지 때문에 정작 진정한 나를 챙기지 못하면 무슨 소용이 있을까? 그는 풍요롭게 사는 것 같았지만 정작 수없이 갈망하고 뒤처지지 않으려 불안해했다. 자존심이 더더욱 강해졌고 한 번 꺾인 자존심에 견디기 힘들어했다. 힘들다는 말조차 쉽게 내뱉지 못할 정도로 말이다. 우리는 욕심이 생길수록 스스로에게 실수를 하게 된다. 자신을 숨막히게 가두고 편안한 삶에서 더 멀어지게 만든다. 자신을 위해서라도 충분히 비워내야 한다.

이미 가진 것이 부담이 될 때가 있다. 모든 것이 타인과 대등할 수도, 원하는 것을 다 가질 수도 없다. 무언가를 이만큼 했다면 나머지는 어느 정도 내려놓는 자세가 필요하다. 어느 것도 내려놓지 못하는 사람은 결국 아무것도 얻지 못한다. 물건도 마찬가지다. 계속 원하고 소유할수록 결국 모든 것을 잃게 된다. 정말 중요한 것이 무엇인지 구분하기 어렵다. 행동은 중독으로 이어지기 쉽다. 모든 일에는 적당함이 있고 그때 쉼표를 찍어야 한다. 눈앞에 있는 것에만 안절부절하는 것이 아닌 조금 더 큰 그림을 그릴 지혜가 필요하다. 현재에 만족하면 미래에 있을 일도 더 편한 마음으로 마주하게 된다.

물건은 물건일 뿐이다. 진정한 내적 평화를 원한다면 '이 정도면 충분하다'는 마음을 가져야 한다. 물건에 소유당하지 말고 자신의 인생을 살아가자. 우리에게 필요한 것은 좋은 운동화를 신는 것보다 가벼운 마음으로 걷는 발걸음이다. 행복을 위해서 고군분투할 필요가 없다. 그 비결이 너무나 간단하기 때문이다. 충분함을 아는 것, 즉 자신을 짓누르는 짐을 내려놓는 일이다. 적당함을 알고 내려놓을 수 있는 사람은 이 세상을 더 순조롭게 살아갈 수 있다. 나의 삶을 살기 위해 물건과의 적당함을 유지하는 일, 그것이 가져다주는 여유로움은 생각보다 크다.

남을 위한 물건은 버리자

종종 사람들은 물건이 자신을 대표한다고 생각한다. 고가의 물건을 소유하고 있어야 잘난 사람처럼 보이게 해줄 거라고 생각하는 사람들이 많다. 명품을 가져야 나도 행복한 것 같다는 거짓 만족감에 빠져 있다. 자신의 내면에 관심을 기울이는 대신 남들이 사는 방향에 따라 살고 있다. 물론 경우에 따라 소유하고 있는 물건이 어떤 사람인지를 알려주기도 한다. 하지만 그것들은 그 사람의 행복과는 전혀 상관이 없다. 다른 누군가에게 잘 보이기 위해 명품을 사는 것은 아닐까? 그러한 삶이 과연 나를 위한 삶일까? 행복의 정의를 잘못 알고 있는 것을 아닌지 생각해보자.

내가 살고 있는 집은 내가 아니다. 나의 학벌은 내가 아니다. 나의 명품백은 내가 아니다. 우리는 남들에게 행복해 보이기 위해 애쓴다. 우리는 보이는 모습에 너무 많은 신경을 쓴다. 겉모습이 나의 모든 걸 알려준다고 생각한다. 남들에게 보이고 싶은 삶과 실제의 나의 모습에 괴리감을 느낄 때가 있다. SNS만 들여다봐도 그렇다. 손바닥만 한 공간에서 보이는 것들은 어마어마하다. 늘 명품 쇼핑을 하는 사람, 고급 호텔에서 여유롭게 휴가를 즐기는 사람, 잡지에 나올법한 집에서 사는 사람 등 모든 걸 다 가진 것 같은 사람들을 볼 수 있다. 그런 사진을 계속 보면 어떤가? 분명 소외공포감을 만들어서 자신의 현실과 비교하게 된다. 그러면서 우리는 '좋아요'를 계속 누르게 된다. 자신은 이룰 수 없는 생활을 그 사람들을 통해 대리만족하는 것이다. 그러면서 채워지지 않는 욕망은 더 커지고 자존감은 점점 낮아진다. 그 사진 속 사람들은 행복할까? 얼마 전 TV 프로그램에서 이런 내용의 방송을 한 적이 있다. 블로거들은 사진 한 장을 위해 명품 쇼핑을 즐겨하며 옷장에는 상표도 그대로 있는 옷들이 많다고 한다. 경쟁적으로 팔로우 수를 늘리기 위해 더 과감한 패션을 보여주며, 눈요기를 많이 제공하는 것이다. 이들은 '좋아요'를 눌

러주는 관심 그 자체를 즐긴다. 제작진의 행복하냐는 질문에 그들은 이렇게 답했다. "불행하죠, 제 모습인데도 이것만 보고 있으니까 불행해요." 블로그에는 행복하다고 올렸지만 실제 생활은 행복하지 않았다. 하루 종일 본인의 SNS 상태를 확인하는 것에 중독되었고 '좋아요'를 하나라도 더 받기 위해 무리해서 여행을 간다. 하루에 천 장이 넘는 사진을 찍지만 정작 여행이 주는 행복감을 느끼진 못했다. 얼굴도 모르는 사람들에게 인정받기 위해 소비한다. 행복은 남들에게 보여주기 위함이 아니다. 진정 행복한 사람들은 남의 눈을 위한 행동과 물건에 아무 가치를 느끼지 못한다. 이미 스스로에게 만족하고 내면이 채워졌기 때문이다.

나도 한때는 틈이 날 때마다 SNS를 들여다보고 있었다. 그들의 사진을 보고 '어쩜 다들 이렇게 잘나가지?'라고 생각하며 그들이 갖고 있는 가방, 화장품을 원한 적이 있다. 똑같은 물건을 사보기도 하고, 즐거운 장면을 위해 사진을 찍어보기도 했다. 하지만 그것들에 빠져가는 내가 싫었다. 보이는 인생을 위해 하루하루를 살아가는 느낌은 겁났다. 이 작은 사진 한 장만 보고 누군가를 평가한다는 것도 억지였다. 그리고 물건들을 잘 찍기 위해 집중하고 사진을 올리느라 정작 그 물건을 소유한 기쁨을 느낄 수도 없었다. 사진만 찍으면 물건의 생명은 끝인 것이다. 이런 것들은 결국 나를 더 허무하고 불편하게 했다. 아무리 흉내를 내도 결코 그 사람과 똑같이 될 수는 없다. 가짜는 내적 충만함을 가질 수 없다. '가짜'로 살아간다는 건 너무나 불행한 일이다. 물건이 아닌 내면에 가치를 두어야 세상 어디에도 없는 자신을 만날 수 있다.

'충분하다'는 말을 잊지 말자. 삶의 기준은 '나'이다. 남의 눈을 위한 물건을 버림으로써 삶이 좀 더 가벼워진다. 자신에게 더 어울리는 소중한 것들을 소유함으로써 불필요함을 벗을 수 있다. 잘 사는 모습은 명품으로 증명하는 것이 아니다. 자신의 길을 잘 알고 그 길 위에서 만족하며 하루하루 충실히 사는 것이다. 남을 위한 물건은 불행한 사치이다. 물건에 집중하지 말고 진정한 나의 자존감을 세워나가야 한다. 과거는 바꿀 수 없지만 미래는 바꿀 수 있다. 현재는 곧 과거가 된다. 바꿀 수 없는 과거가 되기 전에 좋은 미래를 만들 수 있는 현재를 보내자. 지금 내가 어떤 삶을 살고 있으며 마음속 허전함을 무엇으로 채우고 있는지 생각해보자. 그러면 변화의 방향을 찾는 데 도움이 된다. 지금의 나로서도 충분함을 기억하자. 존재 자체의 충분함을 느끼면 변화하는 과정이 설레고 작은 행복들을 하나씩 맛볼 수 있다.

물건은 핑계다

'이 물건은 내가 힘들었을 때 나를 위해 산 물건이지.'

'저건 올해 새로운 봄을 맞이하기 위함이었고 또 저걸 가져야 내가 행복할 것 같았어.'

이처럼 우리는 물건에 많은 의미를 붙이곤 한다. 그 의미들이 나의 행복을 더한다고 확신하기 때문이다. 우리의 삶을 더 나아지도록 해주는 것이 물건일까? 무언가를 소유하고 나면 일시적으로는 충만할지 모르지만 그것은 잠시다. 행복의 척도, 행복해질 거라는 믿음, 충만한 마음은 결코 물건으로 채울 수 없다. 단지 나의 마음을 위한 핑계일 뿐이다. 그것들의 개수에 따라 나의 행복이 따라 오는 건 아니다. 우리는 지속적인 행복을 주는 것들에 관심을 두고 키워야 한다. 결국 우리의 마음과 정신을 움직이는 힘은 물건이 아니다.

몇 해 전 일본에 큰 지진이 일어났을 때 많은 사람들은 집과 가족은 물론 많은 물건들도 잃게 되었다. 그때 일본사람들은 생명이 얼마나 소중하고 위대한지 또 한 번 깨달았다고 한다. 그들이 입고 있던 옷 외에는 모두 다 물속으로 흘러내려갔다. 죽음의 문 앞에서는 그 어떤 소유도 힘을 발휘하지 못했다. 우리가 붙잡고 있는 사소한 걱정들과 더 많은 물건들이 부질없이 느껴진다. 일본은 그 일로 인해 미니멀리스트가 더 많아졌고 순간에 충실한 삶을 택하게 되었다. 물건에 집착하는 삶이 아닌 사랑하는 사람들과 함께하는 시간을 보내는 삶에 더 가치가 있다. 가슴 아픈 일은 그들에게 새로운 깨달음을 주었다. 옆에서 그 일을 지켜보면서 많은 생각을 했다. 자연 앞에서 인간의 한계와 물질적인 것들은 아무 힘이 없었음을 느끼게 해줬다.

방을 정리할 때 꽤 시간이 오래 걸렸다. 왜 그렇게 많은 물건들을 소유하고자 했을까? 생각해보면 허전한 나의 마음을 물건들이 위로해줄 수 있다고 믿었던 것 같다. '그래, 저 물건만 가지면 내가 좀 더 밝아질 수 있을 거 같아.' '이거 하나만 가지면 다른 걸 바라지 않을 거 같아.' 이러한 생각들이 가득했다. 하지만 백화점에서 사고 집에 들어오면 그 물건의 가치는 잃어간다. 더 이상 나에게 그렇게 소중하지도 날 설레게 만들지도 못했다. 소비과잉시대에서 오히려 우리에게 정말 필요한 것들은 결핍되어 간다. 물건은 결국 우리를 더 나아지게 해주는 요소가 아니다. 단지 더 나아질 거라는 핑계로 물건을 택하고 의지할 뿐이다.

"나는 당신을 '안전하게' 지켜주는 거짓말 덩어리입니다. 나는 당신이 말하기 부끄러워하는 생각입니다. 나는 당신이 머릿속으로 떨쳐내지 못하는 기억입니다. 나는 욕망이며, 공허한 바람입니다. 나는 두려움이며, 탐욕입니다. 나는 블랙 프라이데이이며, 사이버 먼데이입니다. 나는 충동이며, '지금 바로 구매하기'이며, '딱 한 개만 더'입니다. 나는 계산대를 지나면 사라지는 흥분입니다. 나는 돈이 흘러나가는 소리입니다. 나는 소비지상주의입니다. 내게 기회를 주세요. 그러나 절대 만족하지 못하실 것입니다." _ 조슈아 필즈 밀번, 《미니멀리스트》 중에서

지금 우리가 살고 있는 이 시대는 돈에 너무 많은 초점이 맞춰져 있다. 주 관심사는 인간적인 삶이 아니라 나를 더 빛나게 해줄 수 있는지, 살기 편하게 해주는지, 이 물건이 세상에 몇 개

인지다. 그 삶의 틀에서 벗어나 불필요한 소비는 줄이면서 지속적인 만족을 주는 방향으로 바뀌어야 한다. 최근 들어 그러한 삶을 원하는 사람들이 늘어간다. 지속적인 희망이 없는 틀에서 벗어나 더 의미 있는 행복, 건강한 삶, 진정한 희망을 가질 수 있는 기회다. 스스로 성공이라는 의미를 재정비해보자. 사실 인생에서 가장 소중한 것들은 이미 무료로 주어져 있다. 사랑, 공기, 자연, 자신의 존재, 사랑하는 사람들, 타인에게 기여하는 일…. 우리를 변화시킬 수 있는 것은 소유물이 아닌 경험이다. 경험을 통해서 생각하는 방식도 바뀌고 나의 시선이 달라지는 것이다. 경험은 우리에게 많은 감정들을 느끼게 해준다. 슬픔, 위로, 기쁨, 만족감, 새로운 꿈을 선물해준다. 그러한 감정을 느끼는 동시에 생각의 방향에 영향을 받는다. 즉, 물건을 덜어내는 만큼 경험으로 더 풍요롭게 채우면 된다. 그러니 그 허전함을 미리 걱정하지 말자.

나는 종종 고민하고 우울해하는 사람들에게 자연이 있는 곳으로 여행을 다녀오라고 한다. 그 여행을 통해 자연과의 소통을 한다. 자연은 우리의 심신을 안정시키고 지금 겪는 일들이 자연 앞에서는 작은 일임을 알려준다. 실제로 병을 앓고 있는 환자들이 자연과 함께 생활하면 더욱 빨리 회복되기도 한다. 어딘가 텅 빈 것 같은 마음을 물건으로 채우는 것이 아닌, 우리에게 무언가를 요구하지 않는 자연으로 채우자. 더 중요한 것들로 생각의 중심을 가질 수 있도록 스스로가 방향을 잡아 나아가야 한다.

스스로를 합리화하며 물건으로 마음을 채울 필요는 없다. 그것은 결국 자신을 위한 선택이 아니다. 빛나고 좋은 것들을 소유하라는 세상의 속삭임에 길들여지는 것임을 기억하자. 지나가는 바람을 좇느라 많은 돈과 에너지를 소비하며 그 생활을 유지하고자 많은 시간을 투자한다. 공허한 대상은 더 큰 구멍을 만들어낸다. 그러므로 물건은 결코 우리를 더 나아지게 만들지 못한다. 경험들과 자연이 주는 선물에 많은 것을 느끼고 생각하자. 희망의 빛은 우리 주위에 널려 있다. 그들은 늘 우리가 먼저 찾아주기를 기다리고 있다. 세상이 주는 진정한 선물들은 우리에게 무언가를 요구하지도 바라지도 않는 안식처이다.

공간부터 정리하자

모든 일상의 끝은 언제나 집으로 돌아오는 길이다. 그 길이 너무 익숙해서 집에 대한 의미를 거의 생각하지 않는다. 어떤 사람들은 일과를 마치고 늦게 들어가 잠만 자는 곳이라고 한다. 특히 주말이 되면 빨리 이곳에서 나가야 한다고 생각한다. 하지만 집이라는 공간은 의식주만 해결하는 곳이 아니다. 그렇다고 넓은 집도 필요 없다. 나와 닮은 온기만 있으면 된다. 살면서 한 번도 의식적으로 떨어져보지 않은 나만의 공간이다. 그만큼 우리와 가장 가깝기도 하며 우리의 민낯이기도 하다. 앞으로 평생을 함께할 '집'에 대해 다시 생각해보고 정성과 관심을 가져보자.

집이라는 공간은 내가 적응하는 것이 아니라 자신이 편히 쉬고 생각하고 성장할 수 있는 공간으로 만드는 것이 중요하다. 각자의 집에는 자신만의 이야기가 있어야 좋다. 흔적이 담겨 있는 공간, 나의 취향이 드러난 방이다. 친형제의 방만 가보아도 자신의 방과 느낌이 완전히 다름을 알 수 있다.

나는 엘리베이터에서 내리자마자 현관문을 향해 뛰어간다. 친언니는 그 모습을 보고 웃기다고 말한다. 그만큼 나는 나의 집이 좋다. 집에 들어와 신발을 벗고 편한 옷으로 갈아입는 순간 어깨 위의 모든 짐이 사라지는 기분이 든다. 그 가벼움이 좋다. 이곳에서만은 꾸미지 않은 민낯처럼 오로지 나만의 세상이다. 나는 이 공간을 정말 중요하게 생각한다. 그래서 아무렇게나 꾸미지도 아무거나 들여오지도 않는다. 방의 색과 물건들, 그리고 느껴지는 감각들이 온전히 나를 대표한다. 다른 사람의 집에 가보면 방만 봐도 그 사람의 취향을 대충 알 수 있다. '아 이 사람의 성격은 이렇구나.' '디자인에 민감한 사람이구나.' '따뜻함을 좋아하는 사람이구나.' 이처럼 개개인은 각자의 색깔을 가지고 있다. 그것은 그 사람이 지닌 모든 감각의 방향이다. 저마다의 라이프스타일과 생각, 취향이 담긴 집이다.

나는 모든 일상을 마치고 돌아오는 최종 공간인 만큼 온전히 내가 편안함을 느낄 수 있도록 해놓았다. 하루를 마무리하는 곳이기에 집은 정말로 중요한 공간이다. 나는 가능한 한 꼭 필요한 물건만 방에 들여놓았다. 책상이나 컵, 화병 하나를 고르더라도 이 물건이 나의 공간과 같이 자연스럽게 어울리는가 생각한다. 꽃이나 식물을 하나 정도 놓았다. 방에 꽃이 있으면 마음이 더 편안해지기 때문이다. 얼마 전에는 방에 약간 하늘색이 감도는 흰색으로 페인트칠을 했다. 그래서 지금은 더 포근해져 보이는 방이 되었다. 또 내가 중요하게 생각하는 요소 중 한 가지는 빛이다. 집에 얼마의 빛이 들어오는지가 중요하다. 자연의 에너지를 느끼는 것이 좋다. 공간에 여백이 있는 걸 좋아하기 때문에 들어오는 빛이 그 여백을 채워준다. 그래서 주로 빛이 나는 시간이면 커튼을 접고 최대한 그 빛을 환영한다. 본인에게 맞는 옷을 입으면 자신감도 생기고 기분이 좋아지듯이, 집이라는 공간을 나만의 취향과 감각에 맞춰서 완성해보면 그 공간 안에서 마음과 정신이 더 안정된다.

나는 집을 '성장하는 공간'이라고도 말한다. 집은 우리가 성장하는 시간과 함께 남에게 보여주고 싶지 않은 나의 모든 추억이 깃든 장소이다. 혼자 눈물을 흘리기도 하고, TV를 보며 크게 웃어 보기도 하고 화난 마음에 혼자 중얼거리기도 하는 장소다. 그러면서 동시에 말없는 위로와 다시 살아갈 에너지를 충전해주며 편히 모든 감정을 드러낼 수 있고 가라앉일 수 있도록 해준다. 그만큼 이 공간에 놓인 것들과 온기는 너무 중요한 요소이다. 그것들은 우리의 정신적, 육체적으로 두루 영향을 미치게 된다. 그 영향으로 우리는 변할 수 있으며 내가 내일을 대하는 태도가 달라진다. 무의식적으로 쌓인 우리의 성장 스토리가 깃든 공간을, 내가 원하는 더 나은 스토리를 담아내기 위해 바꿔보자. 그래서 우리가 살면서 주거공간과 삶을 연결할 수 있다. 결국 삶이 주거공간에 반영되고 그 공간이 나를 더 풍성하게 만들어줄 수 있기 때문이다. 옛날에 살던 집 근처에 가면 사람들은 종종 이렇게 말한다. "여기가 내가 자랐던 공간이었는데…." 그만큼 그곳에 추억이 깃들어 있다는 것이다. 차마 말로 다 표현할 수 없는 오로지 그만 느낄 수 있는 감정이다. 나의 이야기가 자라나는 공간이다.

연구 결과에 따르면 천장 높이에 따라서도 우리가 느끼는 감각이 달라진다고 한다. 천장이 높을수록 훨씬 더 넓게 해석하고 사고를 확장시키며 창의성을 요구하지만 낮은 천장에서는 그 공간을 좁게 해석해서 더 집중할 수 있도록 해준다. 이처럼 공간이 뇌를 변화시키는 것이다. 이 하나의 연구 결과만 보아도 공간이 우리에게 참 중요하다는 것을 알 수 있다. 실제로 한 시청자의 집을 바꿔주는 TV 프로그램이 있었다. 전문가는 주인공들과

이야기를 나눈 뒤 그 사람에 맞게 효율적인 공간으로 바꿔준다. 신기한 것은 단지 집이 바뀌었을 뿐인데 그 집을 대하는 그 주인공의 자세도 바뀐다는 것이다. 좀 더 자신감이 생기고 표정이 밝아졌다. 이런 변화는 집밖에서도 이어질 것이다. 또 어느 TV 프로그램에서는 대소변을 가리지 못하는 강아지를 훈련시키기 위해 조련사가 등장했다. 그는 강아지가 생활하는 공간을 쾌적하게 청소해주었다. 그러자 거짓말처럼 강아지는 대소변을 가릴 수 있게 되었다. 그만큼 공간은 무시할 수 없다는 것을 알 수 있다. 방이 어질러져 있으면 생각도 마음도 안정이 안 된다. 또 방에 쓸데없는 물건들로 꽉꽉 차 있어도 마음이 조급해지고 제대로 쉴 수가 없다. 이렇듯 방은 우리의 심리에 보이지 않게 영향을 주고 있다. 보이지 않는 힘이 더 강력하다.

나는 집에 가족들이 함께하는 시간이 많았으면 좋겠다. 가족의 모든 이야기가 들어 있는 유일한 공간이 집이다. 좋은 신발이 좋은 곳으로 데려다준다는 믿음처럼 좋은 온기가 깃든 집이 생활을 더 아름답게 바꿔줄 것이라고 믿는다. 우리가 정성들여 가족을 위한 밥을 차리듯이 집 또한 가족 또는 나만의 손과 정성이 깃든 공간이길 바란다. 집은 인생을 이야기하고, 사랑을 품는 곳이다. 집밖의 세계와는 분리된 공간, 나의 스토리와 민낯이 담겨있는 유일한 장소가 집임을 기억하자.

생각이 바뀌면 물건도 바뀐다

물건을 소유한다는 것을 무엇이라고 생각하는가? 누군가에게 보여주기 위한 자랑거리인지, 나의 삶에 편리함을 더해주는 요소인지, 살아가기 위한 필수조건인지 생각해보자. 사람에 따라 물건의 정의는 다를 것이다. 하지만 대부분의 사람들은 물건은 많을수록 좋다고 하고 소유의 개념을 높이 평가한다. 물건은 꼭 소유해야 하는 것일까? 본질을 추구하는 심플한 삶을 위해서는 물건에 대해 다른 시각을 가질 필요가 있다.

"자동차에 대한 애정은 깊고 지속적인 것은 못 되고 잠깐 동안 계속되는 풋사랑으로 보인다. 그도 그럴 것이 소유자들은 자동차를 수시로 바꾼다. 한두 해가 지나면, 아니 어떤 경우에는 1년밖에 안 되어서 차의 주인은 '헌 차'에 싫증을 느끼고 새 차를 '잘 사기' 위해서 물색하고 다닌다. 물색해서 구입에 이르는 일련의 거래는 일종의 게임처럼 보인다. 이 게임에서는 속임수까지도 때로는 주요한 요소로 등장하며, '잘 산다'는 것 자체가, 최종 목적인 최신형 승용차의 소유 못지않게 즐거움의 대상이 된다." _ 에리히 프롬, 《소유냐 삶이냐》 중에서

적어도 집과 자동차에는 많은 투자를 해야 하는 게 맞는다는 선입견을 가지고 있다. 은행 빚을 지고 구입하기도 하고, 남들보다 더 큰 집과 자동차를 원하기도 한다. 이것은 삶이 아닌 소유를 택하는 것이다. 우리는 물건들을 꼭 소유해야만 할까? 어릴 적 절약이라는 말의 의미는 돈을 아껴 쓰는 것, 물건을 사지 말라는 것으로 왠지 부정적으로 들렸다. 하지만 이제는 절약이라는 단어에 이런 의미를 붙이고 싶다. '물건을 유용하게 사용하는 것.' 단순한 삶을 위해 물건을 소유하는 것이 아닌 다른 측면으로 생각할 줄 알아야 한다. 예를 들어 아이들을 위해 좋은 소재의 장난감을 샀지만 금방 질려 해서 불가피하게 과잉소비가 되

었다. 결국 장난감이 아깝지만 아이들에게 좋은 것들만 해주고 싶기에 망설인다. 이렇듯 물건은 일정한 시기가 지나면 가치가 없어지는 것들이 많다. 그런 물건들에 제값을 지불하고 소유해야 하는 걸까? 지금 물건을 재발견해보자.

단순한 삶을 살기 위해서는 물건을 다른 시각으로 다른 관점으로 받아들일 수 있다. 사용한 시간이 짧은 것들은 그 물건을 '공유'함으로 소유할 수 있다. 물건은 소유할 때보다 사용될 때 가치가 발생한다. 그렇다면 물건을 더 효율적으로 사용할 방법이 있을까? 공유의 개념에 대해 생각해보자. 공유는 두 사람 이상이 한 물건을 공동으로 사용하는 것이다. 지금 세계 공유경제는 미국으로부터 시작되었다. 그 대표로는 카셰어링인 집카(Zip Car)를 들 수 있다. 이 시스템은 렌터카와는 다른 의미가 있다. 렌터카는 업체 차량을 지정 장소에서 빌리고 반납한다. 반면 카셰어링은 원하는 시간에 원하는 만큼 타고 여러 장소에서 반납이 가능한 것이다. 미국 보스턴에 있는 집카를 설립한 로빈 체이스는 공유시스템에 대해 이런 말을 했다. "일상 시간 중 85%는 차가 필요 없어요. 그런데 왜 15% 동안만 이용하려고 차를 구입해야 하죠?" 조금만 시각을 바꿔도 이렇게 물건을 재발견할 수 있다. 회사에 있는 동안 차는 단지 주차장 어딘가에 세워져 하루 종일 우리를 기다리는 것이다. 그의 기능을 잃은 채 말이다. 한국에서도 카셰어링을 시범적으로 하여 많은 사람들에게 큰 호응을 얻었다. 서로의 물건을 필요한 사람들과 공유하므로 나의 물건은 결국 영원히 떠나가는 것도 버리는 것도 아니다. 더 가치 있게 공유하여 소유 억제 효과가 있으며 걱정도 덜고 수입도 생기는 이점이 있다. 집카 외에도 유아용품이나 빈집 교환 또는 가전제품 공유 등 지금은 많은 부분에서 셰어링이 운영되고 있다. 집 공유사이트로 유명한 에어비앤비 창립자 조 게비아는 앞으로의 백 년에 대해 이런 말을 했다. "지난 백 년이 '대량생산'의 시대였다면 다가오는 백 년은 '공유'의 시대가 될 겁니다." 소유라는 개념에서 벗어나 '사용의 필요'라는 개념으로 바꾼다면 그 물건을 사용하는 것에 중점을 둘 것이다. 이러한 공유시스템은 낭비를 줄이고, 환경에 해를 덜 끼치고, 공간의 여백을 만들어주므로 물리적으로 소유하는 대신 필요할 때 접할 수 있게 되는 것이다.

같은 기능을 가진 물건들을 모두 가질 필요는 없다. 예를 들어 TV와 라디오 기능을 할 수 있는 것이 컴퓨터를 생각해보자. 컴퓨터로 영상도 볼 수 있고 라디오를 들을 수 있다. 심지어 자료 찾기도 가능하다. 이렇게 통합해놓은 좋은 도구가 있는데 왜 TV를 방에 하나, 거실에 하나 소유하고 싶어 할까? 집안을 둘러보자. 겹치는 기능을 가진 기계들이 눈에 보일 것이다. 물건을 재발견하면 우리는 실제적인 성장에 더 많은 에너지를 쏟을 수 있다.

나는 종종 꼭 해야만 하는 일을 열심히 해낸 뒤 나에게 선물을 줄 때가 있다. 수고했다는 보상이다. 가끔 그 보상을 바라보고 더 잘해내기 때문에 긍정적인 힘도 작용한다. 나는 그럴 때 홀로 가는 여행이나 사랑하는 사람과 함께하는 시간을 선물로 줬다. 나의 마음에 오랫동안 남을 만한 선물이다. 그러면 다음 일상에도 더 집중할 수 있다. 무조건 가져야 한다는 소비 외에도 가치 있는 다른 패턴의 소비들도 많다. 우리는 불확실한 것을 하나라도 소유하고 싶어 하는 경향이 있다. 꼭 해야 하는 소유는 더 올바르고 가치 있는 소중한 것들이다. 사랑하는 사람들과 나를 계속 옳은 방향으로 성장시켜 나가도록 돕는 것이다. 지금 소유하고자 하는 물건은 나의 생활에서 꼭 필수적인 요소인지 생각해보자. 꼭 소유해야만 나의 것이 되고, 나의 것이 되어야만 만족을 느끼는 것이 아니다. 소유함으로써 만족을 느낀다면, 허전한 마음을 단지 물건이라는 감정 없는 것에 의지하는 것뿐이다. 그러한 습관적인 소비는 일시적인 만족에 불과하다.

물건이 우리에게 정말 필요한 것인지 진지하게 생각해볼 필요가 있다. 그 물건을 소유하는 것 대신 다른 일시적인 방법으로 필요할 때만 사용할 수 있는 방법을 찾아보자. 무조건적인 소유가 나를 만족시켜주지는 못한다. 물건을 재발견할 때 시간을 더 효율적으로 사용할 수 있고 그러다 보면 사랑하는 사람과의 관계에 더 많은 관심을 쏟을 수 있어서 행복은 배가 된다. 소유라는 개념에서 공유라는 개념으로 바꿈으로써 생각지도 못한 이점들이 따라올 것이다. 현명한 선택들이 더 의미 있고 효율적인 삶을 가져다준다.

물건을 비운 자리에 채워지는 것

나는 물건을 정리하는 과정을 통해 새로운 생각들이 시작되었다. 전에는 느끼지 못한 본질적인 것들에 대한 생각이다.

'나는 정말 행복한가?'

'내가 정말 행복하기 위해서는 어떤 선택들을 해야 할까?'

'무엇이 나의 내면을 채울 수 있을까?'

'의미 있는 삶은 무엇일까?'

이렇게 나를 다시 돌아보게 되었다. 그럴수록 지금보다 좀 더 나은 내가 되고 싶었고 이러한 생각들은 나의 가치관과 깊이를 변화시키는 데 도움이 되었다. 비움으로써 얻어지는 것들은 어마어마했다. 가치 있는 생각들이 나의 내면을 더 꽉 차게 부풀리는 느낌을 받았다. 비운다는 것은 결국 더 좋은 것들로 채우기 위함이다. 물건이 아닌 다른 것으로 채움으로써 그 공간의 색은 더욱 진해진다.

요즘 시대에는 간소하다는 말 자체가 어색하다. 많은 물건뿐 아니라 바쁜 스케줄과 온갖 걱정들, 끝이 없는 일들이 복잡한 삶을 만든다. 그러한 삶은 결국 얼굴에 그늘을 만든다. 하지만 반대로 간결한 생활은 우리의 마음을 한결 가볍게 만든다. 간결할수록 안정된 마음이 생기기 때문이다. 수북이 덮인 회색 먼지 속에서 진주를 발견하기란 어렵다. 그 먼지들은 몸과 정신, 그리고 중요한 마음까지 덮어버려 내가 누구인지 조차 잊게 만든다. 비우는 일은 생각보다 어렵지 않다. 일단 먼지를 제거하기만 하면 된다. 생각의 창문을 활짝 열고 마음을 위한 청소기를 꺼내서 변화의 전원을 켜자. 그리고 점점 비워지는 공간 속에서 진주를 찾기만 하면 된다. 의도하지 않아도 진주는 눈앞에 나타날 것이다.

물건을 향한 갈망은 끝이 없음을 알면서도 갖고 싶은 것은 가져야 한다는 마음과 그것을 소유하지 못했을 때 마음에는 불안감이 자리 잡고 있다. 예전의 나는 쇼핑을 좋아했다. 하지만 돌이켜보면 그 물건이 필요하기 때문에 원하는 것이 아니라 단지 무언가를 소유하기를 원했던 것인지도 모른다. 사람의 욕심에는 끝이 없다. 그 욕심만 좇다 보면 습관이 되어버린다. 이런 습관은 참 빠르게 흡수된다. 그렇다고 물건이 마음을 편하게 만들어주는 것도 아니다. 물건이 나에게 무엇을 의미하는지 천천히 생각해보자. 물건은 단지 물건일 뿐임을 깨닫게 되었다.

'내가 왜 이것을 갖고 싶어 했을까?'

'소유하고 나서 내가 얻은 것은 무엇일까?'

'아직도 이 물건을 보면 행복한가?'

사실 살면서 많은 물건이 필요하지 않다. 나머지는 우리의 마음을 채우기 위한 물건들이다. 물건으로 마음이 채워지길 무의식적으로 바라며 늘 더하기만 한다. 이제는 무엇을 빼야 할지를 생각할 때다. 많은 미니멀리스트들이 경험했듯이 비움으로 마음이 더 채워진다. 물건을 비우면서 생기는 공간에서 좋은 생각들이 피어난다. 생각이 깊어질수록 물건에 대한 욕망을 떨쳐버리고 삶을 의미 있게 만들어갈 수 있다. 나에게 절실하고 소중한 것들만 곁에 두었을 때 자신감이 생기고 내가 누구인지를 더 분명히 느끼게 된다. 그러한 자신감은 행동으로 옮겨지게 된다. 하지만 그 행동이 큰 욕망으로 이어지지 않도록 조심하자. 욕망은 또 불필요한 것들을 움켜쥐게 된다. 단순한 삶과 욕망 사이의 균형을 잘 이루어야 한다. 성서에서도 알려주듯이 욕망이 죄를 낳고 죄는 죽음을 낳는다. 그렇다. 불같은 욕망은 우리의 마음을 계속적으로 불타오르게 한다. 비움을 실천하면 욕망과는 자연스럽게 멀어진다. 그렇다고 목표를 향한 일에서 멀어지라는 것은 아니다. 잘 생각해보면 무언가를 이루기 위해서 꼭 욕망을 가질 필요는 없다. 하루를 나답게 살아가면 된다. 그러다 보면 어느새 내가 가고 싶던 그곳에 도착해 있는 자신을 발견할 것이다. 어떤 태도로 성장하고 싶은지 멈추어 생각해보자. 비우는 것이 나의 몸과 일치가 되기까지는 계속적인 노력이 필요하다. 하지만 그 과정을 통해 나의 표정이 더 밝아지고 있다는 것을 느낄 것이다.

나를 어느 정도 내려놓으면 여유가 생긴다. 여유는 이웃에게 미소를 보내게 하고 너와 나의 잘잘못을 따지지 않는다. 화가 날 이유가 있더라도 더 잘 참게 된다. 다른 사람도 나처럼 소중한 존재임을 인식하게 된다. 비움과 내려놓음, 이 두 가지는 함께 간다. 사실 사치스러웠던 물건들을 정리함으로써 다른 사람들을 의식하는 일에서부터 자유로워진다. 그럴수록 내면의 여유가 생겨 다른 사람과 눈을 마주칠 용기가 생긴다. 나의 행복만큼 상대도 오늘 하루 편안한 마음으로 보내면 좋겠다는 마음. 이런 마음속 여유는 우리를 변화시킨다. 비우고 내려놓는 과정이 처음에는 힘들 수 있지만 그 잠시의 노력이 우리의 앞날을 편안하게 만들어준다. 그러니 우리의 삶을 더 가치 있는 채움으로 뜨겁고 진하게 만들어보자.

비울수록 발견되는 '나'

소비과잉시대이지만 우리의 정신과 마음은 조금씩 결핍되어 있다. 그래서인지 마음 한구석은 늘 허전하다. '부족하다'라는 단어는 불안하고 부정적으로 받아들인다. 그 부족함을 들키기 싫고 그러다 보면 무언가로 계속 채워야 할 것 같다. 하지만 부족한 상태를 '비움'으로 생각해보자. 비운다는 것은 단지 소유를 하지 않는다는 개념 이상으로, 자신을 발견할 수 있도록 도와주는 것이다. 이것은 우리가 살아가는 데 꼭 필요한 요소들을 느끼고 그 가치를 인정하게 된다. '비움'은 내가 선택한 '자발적인 비움'이다. 비울수록 발견되는 신비스러운 과정을 함께해보자.

예전의 나는 아기자기한 물건들을 많이 사들여 방을 꾸몄다. 침대, 책상, 바닥에는 물건들이 자리를 차지하고 있었다. 그러다 보니 이 방의 주인은 내가 아닌 물건이 되어버렸다. 그 공간에서는 당연히 자유로울 수 없었다. 또한 방이 쉽게 어질러져 치우느라 시간이 오래 걸렸다. 어느 순간 그 시간이 아깝다는 생각이 들었다. 이런 방을 왜 그동안 비우지 못했을까? 어질러진 방을 깔끔하게 정리정돈 하겠다는 생각만 했지, 정말 필요한 것만 남기겠다는 생각은 하지 못했다. 많이 가질수록 물건에 대한 눈이 높아져 만족하는 일이 힘들다. 자신이 정말 원하는 것이 무엇인지 소중한 것이 무엇인지 불분명해진다. 나는 단순한 삶을 살기로 결심하고 가장 처음으로 방을 정리했다. 무조건 비우고 버리는 것이 아닌 나에게 정말 필요한 물건들을 잘 판단하여 짐을 반 이상 줄였다. 지금은 꼭 필요한 것들로만 이루어진 방이 되었다. 방을 비우면서 분명해진 몇 가지가 있다.

1. 나 자신에게 더 집중할 수 있다.

어지러운 공간 안에서는 불필요한 것들이 나의 정신을 걱정거리로 채운다. 일단 나의 눈이 단순해지기 힘들어 자신을 온전히 느끼기가 쉽지 않다. 이제는 비워진 공간 안에서 나에게 온전히 집중해보자. 내가 정말 원하는 삶이 무엇인지, 지금 나의 상태는 어떠한지 나를 느껴보자. 나는 마음이 무겁거나 무언가 걱정이 있을 때 방을 비우듯 마음도 비워본다. 마음을 비우면서 그 원인들을 발견했고 놔야 할 것은 내려놓고 다시 세워야 할 것은 단단하게 만들기 위해 노력했다. 그러면 과거가 아닌 현재에 집중하며 지금을 바르게 바라볼 수 있다.

2. 여유를 갖다.

소중한 물건들만 옆에 두는 것, 나에게 의미 있는 것들은 나의 존재를 더 분명하게 느낄 수 있도록 해준다. 그 감각들은 내면을 채워준다. 그런 마음의 상태는 내면에 여유가 생긴다. 그 여유로 사랑하는 사람들과의 시간을 가지자. 여유로움을 가지면 상대를 향한 마음은 더 너그러워지고 그들의 존재 자체에 감사를 느끼게 된다. 나는 좋은 사람들과 함께하는 식사가 좋다. 이렇게 함께하는 순간은 기쁨을 주는 요인이다.

3. 건강을 되찾다.

깨끗해진 방은 건강한 몸을 선물로 주었다. 뿐만 아니라 경쟁적으로 모으던 물건이 사라지니 남들과 비교하며 느꼈던 걱정과 질투도 사라진다. 몸과 마음은 절대 뗄 수 없는 관계이다. 몸과 마음이 건강해지자 의욕 또한 되찾게 된다.

4. 현재에 집중할 수 있다.

부정적이거나 불필요한 걱정들을 안고 사는 사람들은 과거를 생각하는 경우가 많다. 과거의 일들을 후회하고 상대방을 원망하거나 자신에 대한 자책으로 하루를 보낸다. 과거를 대표하는 것 중 하나가 물건이다. 미련으로 버리지 못했던 과거의 물건들을 정리하자 현재가 또렷이 보였다. 현재를 충실하게 살아갈 수 있는 힘을 얻을 수 있다.

5. 자존감이 높아진다.

무가치했던 물건들은 나의 어깨에 올라탄 짐이었다. 그런 짐을 벗어버리고 본질적인 것들을 생각하니 좀 더 안정된 몸과 마음을 갖게 되며 자신에게 집중할 수 있게 되었다. 집중할수록 스스로를 존중하게 된다. 내가 정말로 원하는 것이 무엇인지, 어떤 가치관을 가지고 있는지, 지금 나의 상태는 어떠한지 나를 돌아볼 여유가 생긴다. 이렇게 스스로에게 관심을 두게 되므로 자존감이 자연스럽게 높아진다. 스스로를 잘 인지하고 있는 사람은 여유를 품고 있다.

6. 나에게 어울리는 물건이 무엇인지 알 수 있다.

비움으로 내가 더 분명해진다. 분명해진 나와 더 잘 어울리는 물건이 무엇인지 보인다. 이제는 나에게 어울리는 물건만 신중하게 고를 수 있게 된다. 많은 물건이 필요한 것이 아닌 나의 취향이 적극적으로 포함된 것만 주변에 두자. 그것들과 나는 하나가 되어 불필요한 것들을 들일 틈도 점점 줄어든다.

7. 방에 들어오면 평화롭다.

잘 정리되고 소중한 것들만 남겨진 공간은 자신과 닮아서 내적 평화를 준다. 오로지 나의 쉼을 위한 공간이다. 방 안에는 나의 취향과 특성이 담겨 있으니 안정감을 느낀다. 밖에서 보낸 에너지들을 다시 충전하는 기분이다. 그래서 집이 중요하다. 그 공간이 지금 나의 감정을 바꾸어놓을 수 있기 때문이다.

물건들을 정리했을 뿐인데 그로 인한 축복들은 참 많다. 언제나 작은 것들이 특별하게 만들어준다. 과거에는 어질러진 물건만큼 생각도 마음도 정리가 안 됐다. 하나씩 비워낼수록 본질적인 것들만 생각난다. 그럴수록 생각의 폭이 넓어진다. 비워냈다면 계속 좋은 에너지를 품고 갈 용기도 필요하다. 비워낸 삶은 '내면의 안락함'을 준다. 그것은 나를 더 풍요롭게 만들어준다.

내면의 안락함은 결국 우리 모두가 원하는 행복과 이어져 있다. 비울수록 발견되는 나를 더 행복한 길로 인도하자. 나의 행복은 어느 누구도 아닌 나 자신에게 달려 있다. 옳은 길을 택하는 지혜로운 사람이 되길 바란다.

자신에게 맞는 미니멀리스트가 되자

요즘 많은 관심을 받고 있는 미니멀리스트는 자신에게 불필요한 물건을 줄이며 소중한 것들만 남겨 행복감을 느끼는 사람을 뜻한다. 물건이란 가구, 자동차, 생활용품, 옷처럼 물리적인 것과 필요 이상의 물건을 탐내는 욕심과 같이 눈에 보이지 않는 것들까지도 포함한다. 그렇기에 물건을 최소한으로 줄이면 '단순한 삶'과 더불어 '삶의 행복'도 얻을 수 있다는 것이 미니멀리즘의 핵심이다. 우리는 아침부터 잠자리에 들 때까지 소비를 한다. 살면서 정말로 필요한 것은 몇 가지가 될까? 얼마의

양이 나에게 적당한 것일까? 잠시라도 이런 질문을 스스로에게 던져보자.

"저것만 손에 넣으면 나는 행복해질 수 있는데 저것이 없어서 행복하지 않다는 생각만 들었다. 10년 동안 한 번도 이사하지 않은 버리지 못한 물건들로 가득한 방에서 나의 삶은 멈추었다. 그때 내가 만난 것은 물건을 최소한으로 줄이는 미니멀리스트의 삶이었다. 나는 지저분한 방에서 벗어나 미니멀리스트로 거듭났다. 물건을 줄이자 나 자신도 달라졌다." _ 사사키 후미오, 《나는 단순하게 살기로 했다》 중에서

사사키 후미오는 대표적인 미니멀리스트다. 그는 원래 더 많이 가질수록 행복하다고 믿는 사람이었다. 하지만 필요 없는 것들을 버리자 욕심이 사라지고 더 많은 것을 바라는 대신 가지고 있는 것을 최대한 활용하게 되었다. 그 후 그는 "행복해졌다"고 말한다. 많은 사람들은 지나치게 물질을 중시하고 다른 사람과 보이지 않는 경쟁을 하고 있다. 욕심과 필요는 확연히 다르다. 외적인 것으로 마음을 채우려 한다면 그 욕망은 결코 채워지지 않는다. 결국 다른 것을 또 원하게 될 뿐인 악순환의 반복이다. 우리는 아무것도 가지지 않고 태어났으며 정말 필요한 몇 가지

로 삶을 충분히 풍요롭게 만들 수 있다.

나도 단순화하기로 했지만 여러 기사에서 알려주는 내용들을 따라 하기에는 역부족이었다. 무조건 줄이기에는 너무 많은 고민을 하게 되고 지금 나의 현실에는 할 수 없는 것들이 많았다. 침대와 책상만 가지고는 살수가 없고 적어도 큰 거울이 달린 화장대도 필요했다. 수건도 한 개 이상, 그리고 장소에 따라 입어야 할 옷도 있어야 했다. 미니멀리스트에 정답은 없지만 우리 모두는 각각 다른 취향과 개성을 가졌으므로 미니멀리스트에도 나만의 색이 필요하다. 나에게 정말 필요한 것이 무엇인지 알고 나에 맞게 물건들을 줄여 나가는 것이다.

물건을 줄이기 전에 내가 소중하게 생각하는 것은 무엇인지 어떤 물건들을 가지고 있고 주로 사용하는 것들은 무엇인지를 분리했다. 또 왜 이런 물건들을 소유하고 있었는지 생각해봤다. 불필요한 것들을 줄이고 엄격히 선별된 물건들과 함께 지내기로 했다. 가장 먼저 신경 쓴 부분은 공통적인 기능을 가지고 있는 기계들이다. 디지털 카메라, 필름 카메라, 스마트폰 카메라는 기술의 발달에 따라 업그레이드 된 물건이긴 하지만 모두 사진을 찍는 것들이다. 이중 현재 사용하지 않는 카메라들은 처분했다. 실제로 언제 사용해봤는지 기억도 선명하게 나지 않았다. 그만큼 그 물건들을 방치했을 뿐 사용하지 않았다.

옷장은 또 어떠한가? 아침마다 입을 옷이 없다는 말을 달고 살지만 옷장에는 옷과 가방으로 넘쳐난다. 정작 옷은 많지만 입는 스타일의 옷은 비슷하다. 나에게 가장 잘 어울리고 편한 옷만 남기고 나머지 옷들을 과감히 처분했다. 버리기 아까운 옷들은 필요한 사람들에게 나누어주었다. 수많은 책들도 묶어서 창고에 넣어두고 지금 실제로 봐야 하는 책들만 방에 두었다. 결과는 방이 넓어졌다. 불필요한 물건들이 차지하는 공간을 되찾은 것이다. 그리고 나에게 맞게 줄여나갔기 때문에 남은 것들을 보니 나의 색이 더 분명해졌다. 나의 취향과 감각들만 남게 되었다.

물론 물건을 정리했다고 해서 갑자기 행복해지는 것은 아니다. 하지만 그것으로 인해 나에게 더 집중할 수 있기에 인생이 더 나아질 수 있다. 물건들이 주는 불필요한 걱정을 버렸기 때문이다. 나의 방이 이렇게 크고 환한지 몰랐다. 방을 정리한 후 그 다음으로 스마트폰을 꺼내 연락처를 정리했다. 연락을 자주 안 한다고 관계를 끊는 것은 미니멀리스트가 아니다. 나만의 기준이 필요했다. 내가 정말 사랑하는 사람들은 누구인지, 나를 정말 사랑해주는 사람은 누구인지 생각했다. 나는 관계를 소중하게 여기고 싶다. 누군가와 생각과 감정을 교류한다는 것은 소중한 것이다. 세상에 사람은 많지만 우리가 그들 모두와 연을 가지고 있는 건 아니다. 그중 나와 소통이 되는 사람들을 만났다는 게 신기하다. 남겨진 그 인연을 더 소중하게 여기자. 지금 소중한 사람들과 함께할 시간도 부족하다. 그래서 나는 나의 성장에 부정적인 영향을 끼치는 사람과의 끈을 놓고 싶었다.

모든 일에는 노력이 필요하다. 나에게 맞는 미니멀리스트가 되기 위해서도 마찬가지다. 하지만 이 노력은 확실한 결과를 더 빨리 가져온다. 나의 마음과 생각이 좀 더 가벼워졌고 다른 누군가를 따라 해서 얻는 일시적임도 아니다. 우리는 살면서 수많은 선택을 한다. 미니멀리스트의 선택은 오로지 나를 위한, 나의 미래를 위한 지혜로운 선택이다. 적게 소유하되 나 자신을 알고 좋은 것들로 채우는 것. 나 자신의 상태를 파악하여 정말 필요한 게 무엇인지 생각하는 것이 중요하다. 그 다음 미니멀리스트의 길을 걸어가자. 본인을 알지도 못하고 물건들을 무작정 정리한다면 분명 나중에 다시 그 물건이 필요하다고 생각되어 사들이는 날이 올 것이다. 그러다 보면 결국 반복되는 일상을 살게 된다. 오늘도 무언가로 인해 답답해하고 예민해지는 날들과 이제는 이별하고 싶지 않은가? 나를 알아야 나머지는 과감히 버릴 수 있으며 남겨진 물건들은 쉽게 싫증내는 것이 아닌 오래두고 사용할 나의 물건이 된다.

자신에게 맞는 미니멀리스트로서의 삶에서 균형을 찾아야 한다. 나의 성향과 삶에 맞는 조화로움은 자신만 알 수 있다. 결국 삶은 나만의 방식으로 이어가는 것이며 발전하는 방식도 각각 다르다. 만족감은 결국 행복으로 이어지는 지름길이다. 미니멀리스트는 사회에서 요구하거나 개인의 욕망에 따른 소유에 좇기는 삶이 아니다. 나에게 꼭 필요하고 나만의 색들로 채워 가장 본질적인 행복감을 느껴보자.

3장

심플해질수록 단단해진다

신경 쓰지 않는 연습

모든 일에는 끝이 있다. 잊지 못할 것 같은 일 때문에 괴로워하지만, 어느새 생각도 안 날 만큼 잘 지내고 있다. 또 아무리 좋은 일도 그 감흥이 오래가지 못한다. 모든 일은 어느 정도 시기가 지나면 끝이 난다. 그걸 알면서도 이 순간에 너무 많은 것들에 신경 쓰고 붙잡고 있느라 지금 누릴 수 있는 것들을 안타깝게도 지나쳐버린다. 너무 많은 일들에 흔들리고 그 마음을 스스로가 감당하기 어려워한다. 오늘의 절망이 끝이 안 날 것 같은 기분이다. "내일은 내일의 태양이 뜬다"라는 말이 있다. 이 짧은 한 문장을 받아들면 많은 변화를 느낄 수 있다. 신경 쓰지 않는 연습, 그것은 하루를 충실하게 보낼 수 있도록 해준다.

모든 사람들이 나를 좋아할 순 없다. 모두가 나와 같기를 바라는 것도 부질없는 믿음이다. 우리는 여러 환경에서 많은 사람과의 인연을 맺게 된다. 회사생활에서도 나와 잘 맞는 사람들은 따로 있고 그 외의 사람들은 나와 맞지 않거나 서로에게 별 관심이 없다. 때로는 친한 관계에서도 뒷담화가 들려올 때가 있다. 그럴 때면 심장이 철렁 내려앉는다. '어떻게 나한테 그럴 수가 있지?' 실망하고 믿었던 마음이 무너진다. 살면서 사소한 것부터 시작해서 큰일까지 우리의 심장은 늘 고통을 겪는다. 세상에 대해서 알게 될수록 번쩍이는 경우가 많다. 그중 하나는 사람들의 이중성에 대해 알게 됐을 때이다.

그전까지 만해도 누군가가 나를 대하는 모습이 그 사람이 가진 전부인줄 알았다. 앞에서 보이는 그 친절이 진짜라고 생각했다. 하지만 뒤에서는 상상도 못 한 또 다른 모습을 발견했을 때 이해가 되지 않았다. 나에게 보여줬던 그 친절은 단지 목적과 이유가 동반한 친절이었다. 그 당시에는 여러 감정들로 인해 혼란스러웠다. 그 후 많은 사람들이 자신들의 이익을 위해 상대방에게 등을 돌리는 일을 많이 보았다. 처음에는 심장이 아팠지만 시간이 지나면서 나의 심장은 그런 것들에 무뎌졌다. 그런 사람들 때문에 나의 심장을 괴롭힐 필요가 없다고 생각했다. 나의 밝은 빛을 더 이상 그들의 먹구름으로 덮고 싶지 않았다. 그렇게 깨닫자 그들에게 쏠렸던 많은 신경들을 거두어들일 수 있었다. 물론 그것을 깨끗하게 깨닫기까지 수많은 흔들림과 관계의 정리가 있었다. 하지만 점점 사람들의 말에 흔들리는 경우가 줄어들었고 스스로 부끄럽지만 말자라는 마음이 생겼다. 나의 생각과 행동의 기준을 세우는 자신만의 방법을 터득한 것이다. 그래서 더욱 무엇이 옳은지 스스로 생각했다.

나는 온전히 곧은 나무가 되고 싶었고 늘 좋은 에너지를 유지하고 싶었기에 더욱 신경 쓰지 않는 연습을 했다. 하지만 공짜로 얻어지는 것은 없듯 이것 또한 노력이 필요했다. 세상에 옳고 좋은 사람도 참 많고 그러한 사람들의 영향을 받기에도 모자라다. 그러니 지금 겪고 있는 감정과 상황 때문에 계속 우울한 상태로 있지 말자. 그 속에서도 춤출 수 있는 상태가 되어보자. 춤추다 보면 어느새 우울한 마음은 흘러가게 된다. 오늘 주어진 에너지를 엉뚱한 곳에 다 쓰지 않도록, 또 그 마음의 무게가 충동적인 행동으로 이어지지 않도록 조심해야 한다.

"아버지와 아들이 산을 오르다가 독버섯을 발견했다. 아버지가 독버섯을 가리키며 아들에게 얘기했다. '이게 독버섯이야. 천하에 쓸모없는 거야. 이거 먹으면 죽어.' 그 얘기를 들은 독버섯은 충격을 받고 그 자리에서 쓰러진다. '나는 내가 이런 놈인 줄 몰랐어. 저렇게 예쁜 애를 죽일 수 있는 존재인 줄 몰랐어.' 하면서 말이다. 그때 옆에 있던 독버섯 친구가 '아냐, 저건 식탁 위 얘기야. 인간의 논리야. 너는 내 친구야' 라고 말했다." _ 반 에덴, 《어린 요한》 중에서

우리는 외부로부터 너무 많은 흔들림을 당하고 있고 그럴 때마다 독버섯처럼 쓰러지고 만다. 사람마다 개성이 있듯 각자의 양심, 마음의 넓이, 살아가는 방식도 다르다. 다양한 사람들이 속해 있는 공간에서 모두가 나와 같지 않다고 해서 좌절한다면 그건 너무 안타깝다. 예전의 내가 스스로를 생각했을 때 안타까웠듯이 말이다. 사람들의 말 중에는 생각 없이 내뱉는 말들도 있다. 말한 사람조차 기억이 나지 않는 것을 가슴속에 붙잡고 있지 말자. 그것이 순간의 상처가 되기도 하지만 중요한 것은 우리는 그 상황을 어떻게 받아들이느냐다. 물론 비판적인 말이나 심지어 눈빛만 보아도 마음이 멈칫할 때가 있다. 하지만 그럴 때 나는 '나와 다른 사람'이라고 속삭인다. 누가 맞고 틀린 것이 아닌 단지 다름이다. 그렇게 유연하게 그 순간의 감정을 넘기려 한다. 나의 일상으로 그 감정을 끌고 들어가고 싶지 않다. 스스로에게

부끄럽지 않도록 행동하자는 기준을 잡고 있기 때문에 나의 행동에 대해 다른 누군가가 비판하여 말한다 해도 타격이 크지 않을 수 있다. 물론 우리는 완전하지 않아서 실수도 할 수 있다. 본인이 한 실수를 인정할 줄 알면 된다. 인정하고 더 나아지는 방향을 찾아가는 것에 초점을 두자. 모든 것을 너무 심각하게 생각한다면 괴롭고 쉽게 지치게 된다. 내면이 충만한 사람은 타인에게 흔들림이 적다. 상대에게 기대를 하지 않기 때문이다. 주의를 상대가 아닌 자신에게 돌린다. 내가 주인공이 아닌 일에 애쓰는 일은 끝이 없다. 혹시 마음의 대부분을 상대에게 두고 있다면 자신만의 기둥이 아직 자라나지 못한 것이다. 괴로운 상황을 벗어나기 위해서 억지로 애쓰지 말고 자신의 기둥을 믿어보자.

사소한 것들에 집착하지 않는 게 좋다. 결국 사소한 것들이 모이고 모여 큰 산을 이루듯이 어떠한 큰일보다 사소한 일들이 더 마음을 요동치게 하는 경우가 많다. 왜 우리는 그토록 사소한 것에 매달리는 걸까? 어쩌면 사소한 것들에 너무 많은 의미를 부여하기 때문일지도 모른다. 그것은 애초에 의미가 없었지만 스스로가 그것에 의미를 붙이는 것이다. 그러면 쓸데없는 감정의 소비가 크다. 상대가 툭 던진 말에 혼자 끙끙거리며 생각하는 경우가 있다. 과잉생각들의 충돌이 이어지면 그 생각에 고립되고 결국 집착으로 이어지기 때문에 그전에 내가 어떻게 할 수 없는 문제는 빨리 인정하고 놓아야 한다. 그래야 집착까지 가는 일이 적다. 먼저 마음속에 있는 긴장을 풀어내는 게 좋다. 그 긴장은 우리를 더 불안하고 예민하게 만들기 때문이다. 깊게 들이쉬고 내뱉은 숨과 함께 나의 초첨을 먼 곳에 맞추자. 그러면 삶에 조금 더 자신감과 용기가 생긴다.

신경 쓰지 않는 것은 상황을 잘 소화시키는 일이다. 사람의 마음은 계속 다양하게 변화한다. 여러 상황에서 유연하게 대처하는 마음을 길러야 한다. 판단이 아닌 삶을 바라보는 방식이 다름을 인정하고 타인의 시선에 신경 쓸 것을 나에게 돌리자. 자신이 누구인지를 알고 노력하다 보면 눈치 채지 못하는 사이에 더 선명한 나의 색으로 서 있게 된다. 스스로에게 당당하고 곧은 길을 걸을수록 불필요한 것들에 연연하지 않게 된다. 그러니 용기를 내길 바란다. 올바로 살아갈 용기를 내야 힘이 생기고 더 좋은 피사체로 시선을 집중할 수 있다.

나만을 위한 시간을 가지자

바쁘게 흘러가는 하루 속에서 우리에게는 해야 하는 일들이 분명 있다. 그 일들을 마치고 나면 또 다음 일을 계획한다. 그러다 보면 많은 에너지가 빠져나간다. 사람들은 종종 그 에너지를 유흥을 통해 채우기도 한다. 빽빽한 다이어리가 나는 지금 할 일이 많은 사람, 나는 이 세상에서 활동하고 있는 존재라고 느끼게 해줄지는 모르지만 그 일정들을 소화하느라 정작 나의 내면과 생각들은 돌보지 못한 상태가 된다. 잠시 멈추어 온전히 나의 내면을 들여다보자.

'나 오늘 쉬는 날인데 누구를 만나지? 어디를 갈까?' 잠깐의 쉬는 시간이 주어졌을 때 대부분의 사람들이 하는 생각이다. 그 시간 동안 꼭 누군가를 만나야 내가 지금 인간관계도 잘하고 외로운 사람이 아니라고 생각한다. 또 어디를 가는 일정이 있어야지만 이번 휴가를 잘 보냈다고 생각한다. 결국 머릿속은 온갖 생각들로 어지럽다. 조금 더 느리게 나만의 시간을 만들어보면 어떨까? 나만의 시간이라고 아무 유익이 없는 지루한 시간이 아니다. 나를 더 좋은 방향으로 성장시켜주는 최고의 값진 시간이다.

나만의 시간은 곧 삶의 원동력이다. 나는 혼자 있는 시간을 즐긴다. 이런 모습을 볼 때면 가족들은 "친구라도 불러서 같이 차 한잔 하자고 해"라고 하거나 혼자 여행을 간다 하면 "같이 갈 사람이 없어?"라고 한다. 친구가 없어서 내가 혼자 가는 것이 아니다. 그 시간만큼은 혼자 즐기고 싶어서이다. 어느 누구에게도 방해받고 싶지 않은 온전한 나의 시간을 보내고 싶기 때문이다. 그 과정을 겪고 나면 나의 마음은 좀 더 진지하고 좋은 에너지들로 다시 채울 수 있다. 다시 나의 삶을 재정비하는 시간이다. 종종 이렇게 말하면, 어떤 사람들은 "난 혼자서 무엇을 해야 할지 모르겠어"라고 말한다. 30년 동안 가족과 살다가 혼자 독립하게 된 지인이 있다. 나는 그의 독립을 축하해주었으나 그의 반응은 생각과는 달랐다. 그는 할 게 없다며 외로워했다. 독립함으로써 주어진 그 시간이 얼마나 특별한 시간인지를 알지 못하는 게 안타까웠다. 그래서 나는 혼자 있는 시간을 잘 보낼 수 있는 책을 한 권 선물해줬다. 그 책에서는 그 시간이 왜 중요한지, 어떻게 보낼 수 있는지를 알려준다. 그 책을 읽고 그는 밤에 나가서 산책을 해보기도 하고, 독서를 하기도 했다. 무언가 생각하고 주위를 둘러볼 여유가 생긴 것 같다고 했다. "그래, 그 시간은 정말 선물과 같은 시간이야"라고 나는 신나서 말해주었던 기억이 난다.

뉴욕은 굉장히 바쁜 도시지만 또 한편으로는 여유로움이 많은 곳이다. 카페에서 그림을 그리는 사람, 거리에서 조깅을 하는 사람, 관광객으로 꽉 찬 스타벅스 안에서 여유롭게 신문을 보는 사람…. 이렇게 각자 자신을 위해 각자의 방식대로 여유 있는 시간을 누리고 있다. 그 틈에서 나도 혼자만의 시간을 참 많이 보냈다. 내가 좋아하는 카페에 가서 책을 읽고, 그림도 그리고, 카페 안에 있는 사람들을 구경하곤 했다. 혼자서 그림을 그리는 시간은 내가 요즘 어떤 생각을 하고 나의 마음 상태가 어떠한지 무엇을 원하고 있는지 알게 해준다. 그림은 표현 방법 중 하나이다. 그렇기에 표현된 나의 선들로 인해 나의 감정 상태를 더 잘 파악할 수 있다. 나만의 시간으로 모아진 그림들을 뉴욕 갤러리 카페에서 전시를 하기도 했다. 벽면에 나의 감정들이 걸려 있는 것을 보면 기쁘면서도 뭉클했다.

나의 마음 상태를 파악한다는 것은 중요한 일이다. 더 이상 나에게 어떤 무리를 주지 않도록 조절해가는 능력이 생겼다. 받아들일 감정은 잘 받아들이고 내가 어떻게 할 수 없는 문제들은 잘 흘려줄 수 있도록 표출했다. 또 독서를 통해 내가 앞으로 어떤 길을 걷고 싶은지를 발견할 수 있게 되었다. 누군가와 같이하는 시간이 아닌 나만의 시간이므로 내가 나를 돌아볼 시간은 충분했다. 흥미 있는 일이었다. 나의 생각이 점차 바뀌어가는 느낌이 나를 살아 있고 더 옳은 일을 하도록 만들어주었다. 한편으로는 어색하다는 생각도 들었지만, 그 시간의 가치를 느끼고부터는 적극 활용했다.

혼자 있는 시간을 잘 보낼 때 다른 사람과도 더 튼튼한 관계를 이어갈 수 있다. 내가 지금 이렇게 글을 쓰게 된 것도 다 나만의 시간이라는 과정을 겪었기 때문이다. 한국에 돌아와서는 아침 시간을 활용한다. 아침을 가장 좋아하고 집중이 잘 되는 시간이므로 일찍 일어나서 깨끗한 정신으로 집중한다. 잠을 통해 충전된 나의 온전한 생각들을 글로 적어보는 시간을 가진다. 그리고 또 다른 한 가지는 운동이다. 운동함으로써 정신과 몸이 건강해짐을 느낀다. 날씨가 좋은 날엔 공원에 가서 뛰는 걸 좋아한다. 운동을 할 때에는 오로지 나의 몸과 정신에 집중할 수가 있다. 이 바쁜 세상에서 조금 느리게 살아갈 수 있는 과정이다. 느리다는 것은 다른 사람들과의 경쟁에서 뒤처진다는 개념이 아니다. 삶 속에서 우리가 즐길 수 있는 소중한 것들을 하나하나 느끼며 살아가는 것이다. 우리의 마음의 속도를 늦추면서 나 자신을 들여다볼 여유를 만들어보자.

"사람은 혼자 있을 때 정직하다. 혼자 있을 때 자기를 속이지 못한다. 그러나 다른 사람이 있을 때는 남을 속이려고 한다. 하지만 좀 더 깊이 생각한다면 그것은 남을 속이는 것이 아니라 자기 자신을 속이는 것이라는 것을 알게 될 것이다." _ 랄프 왈도 에머슨

혼자 있을 때 정직하다는 것은 그 시간만큼은 온전히 나의 모습이라는 것이다. 많은 사람들은 외부적인 요인이 행복을 만든다고 생각하지만, 결국 행복은 내부에서 온다. 누구도 나를 진정으로 행복하게 해줄 수는 없다. 그러므로 내적인 상태를 올바르게 키워나가기 위해 나를 제대로 바라보면 무엇을 성장시켜야 할지 무엇을 내려놓아야 할지 분별할 수 있다. 성장하기 위해 지금 나를 보살필 필요가 있다. 그러므로 자신을 위한 시간을 내자. 온갖 소음으로부터 자신을 지키는 시간이다. 특별한 무엇을 하지 않아도 된다. 단지 거리를 산책을 해도 되고, 생각나는 대

로 종이에 적어보아도 된다. 대신 다른 누구의 방해도 받지 않는 시간이니 스마트폰과는 잠시 멀리하는 걸 추천한다. 스마트폰은 우리의 생각을 더 복잡하게 만든다. 그 시간에는 단지, 나에게 안정감을 주는 것들을 할 수 있다. 이것에는 아무것도 하지 않는 것도 포함된다.

"내가 이 세상에서 성취하고자 하는 것, 이 세상에 온 목적을 달성하기 위해서는 내 안의 목소리에 귀를 기울여야 한다. 그러기 위해서 자신만의 조용한 시간을 갖고 몸과 마음을 돌보아야 한다." _ 오프라 윈프리

나만의 시간을 통해 나를 무엇으로 채울지 생각해야 한다. 우리 속의 잠재력을 발휘하길 원한다면, 나다움을 찾을 필요가 있다. 잠재력은 나에게 더 많이 집중할수록 발견된다. 내가 나를 어떻게 보느냐에 따라서 나의 미래가 달라질 수 있다. 나를 좀 더 객관적으로 보면 지금 하는 일과 겪는 고통을 잘 헤쳐나갈 수 있는 마음가짐을 만들어준다. 나는 감정이 좋지 않을 때 자연을 즐기기도 한다. 꽃꽂이를 해보거나 흙을 만지고 향을 맡으면 마음 또한 차분해진다. 이렇게 나는 나의 감정을 하나하나 조각하고 좋은 에너지로 돌릴 나만의 방법을 찾고 이용 중이다. 그러다 보면 연연했던 일이 큰일이 아님을 자연스럽게 느끼게 된다.

1

마음속 미니멀리스트

마음이라는 공간에서는 행복이라는 긍정적인 감정으로 가득하길 원한다. 그러니 어떤 마음을 받아들일지에 신중하자. 우리가 받아들이는 마음에 따라서 삶을 대하는 태도가 달라진다. 마음청정기를 가동시켜 하루하루를 흐트러뜨리는 요소를 없애고 계속 밝게 서 있게 도와주는 감정과 가까워지자. 그에 더해 마음속에 있는 어떤 기능을 발전시킬지도 중요하다. 부족한 기능은 더 발전시키고 해가 되는 기능은 버림으로써 건강하게 성장할 수 있다. 그러므로 마음도 미니멀리스트로서의 관리가 필요하다.

우리는 태어났을 때 먼지 하나 없는 깨끗한 마음 상태로 태어났다. 하지만 성장해가면서 자연스럽게 만나게 되는 환경들과 사건들에 의해 마음속이 꽉 차게 된다. 그중 어떤 것을 남길지는 선택할 수 있다. 내면의 보물상자를 무엇으로 채울지 신중해지자. 부정적인 요소가 마음에 쌓이게 되면 불안하고 기분이 나빠진다. 그로 인해 어떤 일을 해도 잘 풀리지가 않는다. 마음속 상태에 따라 나의 행동에 영향을 주기 때문에 우리가 아무리 방을 깨끗하게 정리한다 해도 마음 상태가 복잡하면 그 방은 얼마 안 가 다시 어지럽혀진다. 긍정적인 사람을 보면 신기할 때가 있다. 같은 상황인데 어떻게 표정이 저렇게 밝을 수 있는지 의아하다. 같은 상황이라도 마음 상태에 따라 문제에 대처하는 태도가 달라진다. 마음에 좋은 요소들이 더 많으면 아무리 흐린 먹구름이 몰려온다 해도 그 먹구름을 빛으로 덮을 수 있다. 다음 리스트를 통해서 마음속에 정리해야 할 요소를 알아보자.

긍정이 아닌 부정적으로 받아들일 때가 많다.
매사에 짜증이 많이 난다.
일상생활에서 예민해질 때가 많다.
다른 사람들과 어울리기가 힘들다.

자존감이 낮아진 기분이다.
아침에 일어나는 일이 힘들다.
일이 조금만 안 풀려도 낙담이 크다.
과거의 일들이 자꾸 생각난다.

이중 본인이 해당하는 게 많다면 마음속에 정리해야 할 짐들이 많은 것이다. 마음속 짐이 많으면 실수를 많이 한다. 하지만 한 번에 그 짐들을 버려내야 한다고 생각하지 말자. 무리해서 한 번에 하고 싶다는 생각이 또 자신을 좌절시킬 것이다. 방을 정리할 때도 하루 안에 다 못할 때가 대부분이다. 많은 시간과 힘이 든다. 마음속 청소도 똑같다. 하나씩 토해내자. 스트레스의 원인이 무엇인지 알기 위해서는 마음속 패턴을 찾아보자. 나는 나를 계속 시험했다. 어떤 상황에서 긴장을 하고 넘어지고 혹은 다시 성장하는지 생각했다. 그러면 앞으로 내가 어떻게 그 상황을 피하거나 대처할 수 있는지 주의를 기울이게 된다. 마음속에 마이너스 감정을 최대한 만나려 하지 않는 일. 그리고 자신의 성격에 맞게 일을 조정할 수 있다. 마음속 마이너스를 빼내고 나에게 필요한 것들로만 채워진 마음은 늘 안정감을 느끼게 된다. 나는 의식적으로 그런 노력을 했다. 낯을 가리는 편이었기에 친하지 않은 사람들 앞에서 늘 긴장했다. 나 자신을 알기에 그런 상황이 주어지면 좀 더 편한 마음을 가지려고 심호흡을 하거나 오히려 나에게 집중하며 생각을 비우려고 했다. 나라는 큰 틀 안에서의 자유로움. 그렇게 조금씩 마음속 긴장을 줄여나갔다.

'사소취대(捨小取大)'라는 말이 있다. 작은 이익은 버리고 큰 이익을 취한다는 것이다. 이 말은 작은 것을 버린다는 의미를 강조한다. 작은 이익을 탐하지 않고 더 크고 중요한 것에 의미를 둔다는 긍정적인 표현이다. 굉장히 사소한 것들에 예민하게 반응했던 나는 마음속을 안개로 꽉꽉 채운 것이다. 오히려 정말 큰 것에 집중해야 하는데, 아주 사소한 것들에 열중하고 그것에 목매여 안절부절못하지는 안 좋은 습관이다.

몸과 마음은 우리가 길들이기 나름이다. 그래서 행복에 더 가까이 가기 위해서는 마음습관을 잘 들여야 한다. '나는 무엇에 설레고, 무엇에 설레지 않는가?' 내가 무엇에 설레는지를 판단하여 설레는 것들을 남기는 일이다. 그러면 에너지가 분산되는 일이 적다. 이렇게 우리의 삶은 끊임없이 먼지를 닦아내는 것을 필요로 한다. 청소한 지 얼마 되지 않은 것 같지만 틈새 사이로 또 먼지가 들어와 자리 잡고 있다. 그 먼지 때문에 가슴도 답답하고 집중도 안 되어 더 예민해지는 기분이다. 그 먼지들을 한 번 청소한다고 해서 또 오지 않는다는 법은 없으니 끊임없이 청소를 해야 한다. 창문을 아무리 다 닫아도 집안에 먼지가 쌓이기 마련이다. 보이지 않는 틈으로 미세하게 다 들어오고 있다. 마음도 그렇다. 마음 안에 여백이 있고 통풍이 잘 되는 방을 만들어주자. 마음속 여백이 있어야 다른 나를 꿈꿀 수 있다. 정신없이 혼돈된 상태에서는 집중하기 어렵기 때문이다. 마음에 우리의 미래가 달려 있다고 할 수 있다. 마음속 미니멀리스트는 그만큼 중요하다.

우리의 마음이 어둠으로 분산되지 않고 중요한 것들에 집중하도록 정리해보자. 이러한 행위는 마음속에 휴식을 주는 테라피 중 한가지다. 그리고 계속해야 하는 삶의 과제이다. 감각의 혼돈을 잠재우고 나를 살아 있게 하는 것에 집중하며 우리를 더 나아지게 하는 것으로 채워보자. 어제보다 더 나아진 나를 스스로 축하해줄 수 있는 삶. 그것은 우리의 마음속 상태와 관련이 있다.

책은 마음을 단단하게 만든다

수많은 문장들 속에 나를 다시 일으킨 한 문장을 발견하는 것만으로 다시 용기를 내본다. 소통이라는 것은 꼭 생명이 있는 대상과만 할 수 있는 것이 아니다. 상대방의 이야기에 공감이 되고 나의 마음에 그 스토리가 녹아내렸다면 우린 책으로 소통하고 있는 것이다. 나의 20대의 가장 좋은 친구는 책이었다. 곁에 언제나 책이 있었고 그로 인해 난 더 깊어질 수 있었다. 책에서 발견한 문장들은 나의 가슴에 와 닿아서 다시 일어날 자양분 역할을 했다. 그 자양분은 없어지지 않고 몸속 깊숙이 남아 다른 것들과 같이 성장한다. 그만큼 책은 우리에게 많은 선물을 준다. 그 선물의 가치를 알고 다가가는 태도를 갖자.

책을 읽을 때마다 챙기는 것이 있다. 바로 노트와 펜이다. 나의 노트에는 검은 글씨로 빽빽하게 차 있다. 매일의 기분이 똑같지 않으므로 그날의 주파수가 맞는 책을 골라서 읽었고, 그럴 때 날 감동시키거나 너무 공감되는 문장들을 노트에 따로 옮겨 적었다. 그대로 옮겨 적는 것만으로도 나에게 위로를 주었다. 위기의 날들을 넘기고 잘살기 위해 써내려갔다. 그러다 보니 나의 노트는 나를 다시 일으킨 문장들의 모음집이 되었다.

글을 쓰는 것은 마음을 다잡는 데 도움이 된다. 가끔은 나 자신에게 해주고 싶은 말이기도 하고 "맞아, 그래서 내가 그랬던 거야" 하고 나를 진단하기도 한다. 자신에게 잘 맞는 책만 골라 읽어도 스스로의 아픔을 치유할 수 있다. 공감 능력은 사람을 치유한다. 그래서 정신상담가들이 어떤 거창한 이야기를 해주기보다는 잘 들어주고 고개를 끄덕이는 반응만으로도 상대방이 위로하고 공감한다. 하지만 불안할 때마다 상담가들을 찾아갈 수 없다. 그럴 때는 가까이에 있는 책을 이용하자. 자신이 지금 힘들어하는 부분이 있다면 그에 맞는 책을 고른다. 읽으면서 분명 마음을 터치하는 문장들이 있을 것이다. 그 문장들을 종이 위에 적어보자. 나 스스로에게 말해주는 문장들이다. 그리고 책 속에 녹여든 작가의 감정과 자신의 감정을 일체하여 감정이입한다. 감정이입의 대부분은 긍정적인 것들이 많다. 그 긍정의 에너지는 고스란히 온몸에 퍼져나가고 그 순간 온전히 살아 있게 된다.

이제는 책은 읽는 것이 습관이 될 만큼 늘 가까이 하는 존재이다. 나의 삶의 깊숙하게 자리 잡은 일부다. 자신의 길에서 아직 방향을 못 잡고 있는 사람들에게 독서를 권한다. 특히 이제 막 사회에 들어온 20대 초반의 사람들에게 책을 많이 읽으라고 권하고 싶다. 그들이 더 넓고 깊이 있는 자신으로 살아가기 위해서는 독서가 꼭 필요하다고 말해주고 싶다. 나는 단순한 생활에 관해 한참 생각하게 됐을 때《무탄트 메시지》라는 책을 만났다. 그 책의 문장들은 나에게 수많은 감동을 주었다. 그 문장들이 살아 있음이 느껴질 정도였다. 나의 마음을 터치한 것들 중 하나를 소개한다.

"홍수를 겪으면서 내가 정말 놀란 것은 그 일로 생긴 긴장이 금방 사라졌다는 점이었다. 모든 것을 잃어버렸는데도, 사람들은 얼마 지나지 않아 모두들 웃고 있었다. 나 또한 홍수에 몸을 씻은 덕분에 기분이 훨씬 좋아졌고, 겉모습도 전보다 나아졌다. 폭풍우를 겪으며 나는 생명이 얼마나 위대한지, 또한 내가 생명에 얼마나 강한 애착을 갖고 있는지를 충격적으로 깨달을 수 있었다. 죽음의 문 앞에 다가섰던 그 경험은, 주변에 있는 사소한 것들로부터 기쁨이나 절망을 느낄 필요가 없다는 생각을 갖게 했다. 무엇인가에 애착을 갖는 것이 부질없는 일처럼 느껴졌다. 내 몸에 걸친 누더기만 빼고는 말 그대로 모든 것이 물에 휩쓸려 사라졌다." _ 말로 모건, 《무탄트 메시지》 중에서

이 글에 밑줄을 그었다. 모든 것을 잃어버렸는데도 원주민들은 웃고 있었다. 그러고는 감사한 마음으로 요리를 즐겼다고 한다. 책 속의 주인공은 하나의 경험으로 인해 지혜의 지식을 얻게 되었다. 나의 가슴을 터치한 한 문장은 "애착을 갖는 것은 부질없는 것"이라는 것이다. 당시 나는 물질적인 것들에 중점을 둔 생활은 부정적인 면이 많다는 생각을 하고 있었다. 그렇기에 저 문장이 더 와 닿았다. 그런 생각들이 꼬리를 물어 지금의 나를 만들었다. 나조차도 나의 마음을 모를 때 독서를 한다면 생각이 더 분명해질 것이다.

어떠한 지식을 쌓는다는 개념보다는 소통하고 위로받는 개념으로 독서를 한다. 그런 마음으로 하는 독서가 편하다. 그리고 내가 편할수록 더 빠져든다. 책은 참 매력 있다. 새롭고 멋진 문장들이 나오고 마음을 뒤흔든다. 누군가에게도 털어놓지 못했

던 나의 이야기들을 책에서 만나기도 하고 해결 방법을 찾을 때도 있다. 가장 지혜로운 조언자다. 물론 무조건 책의 내용이 맞고 다 수용해야 하는 건 아니다. 나에게 맞게 걸러서 흡수할 것만 받아들이자.

아무 기대 없이 펼친 책 한 권에 빠져드는 순간이 있다. 책과의 소통은 정말 값진 보물이다. 책 속의 주인공은 만날 수 없지만 감정은 함께할 수 있다. 의도하지 않았어도 종이 안에 적힌 빼곡한 글씨들이 알려주는 인생의 길이 있다. 그 길들 사이에서 나의 방향을 더 선명하게 만들 수 있다. 글씨들과 함께 더 깊어지고 풍요로워진다. 차곡차곡 쌓여 그것들이 온전히 나로 흡수되는 순간 나는 성장했음을 느낀다.

사람은 혼자서 더 나아질 수도, 살아갈 수도 없다. 다른 사람의 영향으로 생각할 계기도 만들고 감정의 요동도 느낀다. 꼭 좋은 일만이 아닌 안 좋은 경험으로부터도 배우는 것이 많다. 우리가 모든 경험을 할 순 없지만 책을 통해 여러 주인공들을 만나고 그 주인공의 삶을 통해 배우는 것이 있다. 대리경험을 하는 것은 우리의 짧은 인생에서 많은 것들을 함축적으로 느끼게 해준다. 책을 읽는 것은 느끼는 것이다. 그래야 책이 가슴으로 깊이 뿌리내릴 수 있다. 그 뿌리는 우리의 마음을 단단하게 만들어준다. 그러니 잊지 말고 책과의 소통으로 깊어지자.

IST NUR schädlich
Brew Bar
KAFFEES

뜻밖의 위로

살면서 여러 번의 위기를 만난다. 길을 잃고 해맬 때가 있고 방황하는 마음을 스스로 잡기에는 너무 많은 애를 써야 한다. 결국 사람은 홀로 살아갈 수 없기에 늘 어떤 대상을 찾는다. 나는 주로 책을 찾는다. 책을 접하기 전 나는 좁은 시야를 갖고 있었다. 변화에 대한 두려움으로 똘똘 뭉쳐 있던 나를 변화시키기 시작한 것은 어느 날 나에게 주어진 책이었다.

아는 사람이 한 명도 없는 뉴욕으로 떠나게 되었다. 매일 다르게 느껴지는 공기와 새로운 공간들, 그리고 늘 친절했던 뉴욕커들은 나를 움직이게 했다. 그들과 함께하며 '내가 아는 삶보다 더 나은 삶이 있구나'라고 느꼈으며 그 삶이 무엇인지 궁금했다. 그래서 그들과 더 많은 대화를 하기 위해 노력했고, 현지인으로 물들어 갔다. 뉴욕커들의 행동에 한 가지 공통점을 찾을 수 있다. 지하철 안, 카페, 계단 등 그들은 어디서든 독서를 하고 있었다. 두꺼운 종이책 아니면 전자책을 손에 들고 있었다. 이렇게 복잡한 도시에서 사람들이 독서를 즐긴다는 것이 한편으로는 신기했다.

좋아하는 소호와 베드포드 거리를 걷다 보면 작은 서점을 발견할 수 있다. 소호의 서점은 카페와 연결되어 있어서 보고 싶은 책을 바로 커피와 함께 즐길 수 있다. 나는 그곳에서 책을 하나 하나 접하기 시작했다. 처음에는 책과 친하지 않던 생활을 살았기 때문에 표지가 맘에 드는 책을 골라서 읽었다. 서점에서 책을 고르는 나의 모습이 낯설게 느껴지기도 또 새로운 문이 열린 것 같아서 앞으로의 날들이 궁금해지기도, 했다. 서점에 가는 날들이 많아질수록 책을 고르는 포인트도 달라지기 시작했다. 보통은 그날 나의 주파수에 맞는 책을 골라 읽었다. 어느 날 책 한 권에 몰입하고 있는 나를 발견했고 그 모습이 신기했다. '내가 책과 소통하고 있구나.' 그날 이후 나는 어딜 가든 책 한 권을 꼭 가지고 다녔다. 약속 장소에 일찍 도착했을 때, 카페나 지하철 안에서, 날씨가 좋은 날은 밖에 나가 자리 잡고 읽기 시작했다. 이 글을 쓰는 지금도 그때의 좋은 느낌이 생생하게 느껴진다. 물론 모든 책이 늘 즐거운 건 아니다. 지루한 책도, 계속 읽어도 진도가 안 나가는 책도 있다. 하지만 수많은 페이지에서 나의 마음을 흔드는 한 줄의 문장이 있다면 난 그것으로 이 책을 읽었다고 생각한다.

'나의 마음을 흔드는 문장' 그 안에는 뜻밖의 위로가 있다. 나는 흔들릴 때마다 나 자신을 더 믿고 단단해지기 위해 몰입 독서를 했다. 그렇게 책은 나의 마음의 처방전이 되기도 한다. 내 마음을 흔든 많은 문장들을 노트로 그대로 옮겨놓았다. 그러자 잠시 방황하는 마음이 여유 있는 마음으로 바뀌게 된다. 지금 하는 그 고민은 그렇게 큰 고민이 아니다. 알지 못했던 새로운 세계를 만날 때 흥미진진하다. 나의 삶이 풍부해지고 생각의 깊이가 달라진다. 그 생각의 깊이는 마음에 여유를 더한다.

작가의 실제 이야기들을 읽을 때면 종종 작가에게 이메일 보내고 싶어질 때가 있다. 《내일도 출근하는 딸에게》라는 책을 읽으면서 진짜 나의 엄마가 나에게 해주는 이야기같이 느껴졌다. 그래서 나는 저자인 유인경 작가에게 이메일을 보낸 적이 있다. 책을 너무 잘 읽었다고, 정말 엄마에게 듣는 따뜻한 조언 같아서 고맙다고 짧은 메시지를 보냈었다. 생각지도 않게 유인경 작가는 나에게 답장을 보내주었고, 그 후 한 번 더 이메일을 주고받게 되었다. 그때 나는 책이 준 느낌 그대로 편한 마음으로 나의 고민을 이야기했다. 그러자 유인경 작가는 준비하고 있는 새로운 책의 원고 일부분을 나에게 보내주었다. 이 원고가 나의 고민에 도움이 되길 바라는 마음에서다. 책 한 권에 이렇게 많은 고마움과 따뜻함을 느낄 수 있다는 것에 감동했다. 책은 소중한 인연의 끈을 맺게 해준다. 뿐만 아니라《스물아홉, 직장 밖으로 행군하다》의 저자 임원화 작가와는 메시지를 주고받는 사이가 되었다. 그녀를 보고 있으면, 삶의 에너지가 많이 전달된다. 나의 마음이 흔들리면 다시 일어날 수 있도록 나에게 맞는 책들을 추천해주기도 하고, 삶의 소소한 이야기로 관계를 쌓고 있다. 책을 통해 정서적으로 통하는 사람들과의 만남은 특별한 선물이다.

이제 내가 책을 읽는 이유 중 한 가지는, 더 나은 내가 되고 있음을 느끼게 해주기 때문이다. 가장 중요한 것은 물질과 명예가 아닌 성장이다. 독서를 하면서 감정을 배우고 사람의 보이지 않는 능력에 대해서 배운다. 책의 가치관과 나의 가치관이 성립되는 길을 만나게 된다. 나는 어떤 생각과 길을 가고 싶은지 글 속에 스며들어 나를 찾게 된다. 그러면서 인생을 조금 더 의미 있게 즐길 수 있게 된다.

나는 뉴욕커들을 통해 책이 궁금해졌고, 독서를 즐기게 된 것에 감사한다. 독서는 나의 진실한 친구이다. 책을 읽는 습관을 들이려고 노력하지 않고, 어느새 자연스럽게 나의 단짝이 되었다. 책이라는 친구는 오로지 나 자신을 생각하게 해주고 늘 나를 응원해주었다. 책과 아직 친하지 않다면, 그날의 감정과 맞는 책 한 권을 골라 가장 좋아하는 공간에 가보자. 자연스럽게 책과 가까워질 수 있다. 책은 늘 우리를 응원한다. 그 따뜻한 맛을 보면 곧 책과 함께하는 길을 걷게 될 것이다.

나쁜 감정을 흘려보내는 방법

무거운 먹구름을 잔뜩 안고 있는 순간이 있다. 그 어둠도 겁이 나는데 그걸 끌어안고 있는 자신에게 겁이 날 때가 있다. 부정적인 감정은 계속 이어져 우리를 지치게 만든다. 그 먹구름은 다른 요인들을 쉽게 감싸버린다. 생각은 감정에 영향을 미치기 때문에 어떤 생각을 하느냐도 중요하다. 그리고 생각으로 감정을 속일 수도 있다. 생각의 방향을 올바르게 돌리면, 어떠한 일이든 긍정의 상태로 돌릴 수 있다. 우리의 몸을 잘 이용하여 나쁜 감정을 빨리 흘려보내자.

감정을 잘 희석시켜서 나쁜 감정은 최대한 옅어지도록 해야 한다. 감정은 몸을 죽일 수 있는 요인이다. 건강을 위해 운동을 하고 계절에 맞는 좋은 음식을 먹는다 해도 감정이 숨 막히듯 어둡다면 건강은 나빠진다. 분노, 외로움, 불안, 우울과 같은 것들이 있다. 이러한 감정이 있다면 앞으로 해야 할 일들에 제대로 된 능력을 발휘할 수 없다. 그 힘에 휘둘린다면 충동적인 말과 행동을 일으킨다. 안 좋은 감정을 그대로 표현하는 것은 생각보다 부작용이 크다. 나도 이러한 감정으로 인해 관계나 일에서 실수한 적이 있다.

B라는 사람과 친하게 지내게 되었다. 많은 대화를 주고받으면서 친해진 줄 알았다. 그런데 어느 날 연락이 되지 않았다. 전화도 끊기고 메시지를 보내도 답이 오지 않았다. 단지 하루였다. 혼자 이런저런 생각을 하다가, 순간적으로 감정에 휩쓸리게 되었다. '어떻게 문자를 확인하고도 답장을 안 할 수가 있지?' '어떻게 전화를 거부할 수가 있지?' 초조하게 생각했다. 그 감정은 점점 몰입되었고 빠져나오기가 힘들었다. 순간적으로 스스로가 제어되지 않았다. 꼭 안 좋은 감정일수록 빠르게 마음에 퍼져나가기가 쉽다. 그리고 그 감정은 행동으로 이어지게 된다. B에게 어떤 일이 있었는지도 모르는 상황에서 감정만 다그치게 되었다. 결국 우리의 관계는 그것으로 끝이 났다. 감정이 충동적인

행동으로 전달된 게 문제다. 중요한 일 전에는 꼭 마음을 잘 다스려 통제 불가능한 감정이 개입하지 못하도록 해야 한다. 특히 관계에 있어서 누군가에게 몰입된다면 그 파장은 더 크다.

부정적인 감정이 든다고 그것을 무조건 억누르려고 해서는 안 된다. 밖으로만 표출하지 않으면 그것을 흘려버렸다고 생각한다. 그렇게 억누르고 억누른 감정은 쌓이고 쌓여 결국 병이 된다. 보통 심리센터에 가보면 상담가가 하는 말 중에 공통점이 있다. 억누르지 말라는 것이다. 대신에 그 감정을 좀 더 편하게 받아들이고 조금씩 흘려보내라고 한다. 그 감정과 함께하는 동안은 좀 더 긍정적인 사람들과 교제하고 바쁘게 지내라고 한다. 더 큰 병으로 이어지기 전에 그것과 잘 이별할 준비를 하는 것이다. 더 나은 상태를 만들기 위해서는 '지금'을 파악하는 일이 첫 번째이다. 지금 내가 가진 감정은 어떠한지 생각해보자. 그것이 성장해서 분노의 단계까지 가기 전에 우리는 감정을 미리 파악해야 한다. 그러면 우리는 간직하고 싶지 않은 생각과 감정을 어떻게 흘려보낼 수 있을까?

하루 종일 안 좋았던 기억이 떠오를 때가 있다. 그 기억으로 인해 감정이 먹먹해진다. 어떠한 일을 해도 집중하기가 힘들다. 그 감정에서 벗어나고자 발버둥치며 이것저것 해보지만 잘 안 될 때가 있다. 잠들기 전 한참 동안 혼자만의 생각에 잠길 때가 있다. 오늘 겪은 일이 억울하기도 하고 그 사람이 어떻게 나한테 그럴 수 있나 싶기도 한다. 그러다 보면 이미 나의 잠은 저 멀리 도망가 있다. 어쩌면 우리는 의미부여놀이를 하고 있는지도 모른다. 모든 일에 나만의 의미를 부여하는 것이다. 그러다 보면 모든 사건들이 너무 진지해지고 실수할까 봐 겁을 먹게 된다. 결국 몸이 긴장되면 예민해진다. 그로 인해 만들어진 나쁜 감정은 우리를 휘두르는 힘을 또 한 번 갖게 된다. 그러니 매 순간에 의미를 부여하지 말자. 그것은 조금 더 가볍게 살아갈 수 있는 팁이다.

나쁜 감정을 나다운 감성으로 바꾸어 좋은 감정으로 만들자. 가장 약한 부분은 관계에서의 구멍이다. 아무리 상대가 나에게 실망을 안겨줘도 내가 무시를 당한 기분이여도 그 순간 나답게 흘려보내려 노력한다. 그 사람과 상관없이 나는 상대에게 진심을 다한다. 상대가 알아주지 않아도 상관없다. 그러면 내 마음이 편해진다. 더 이상 내가 이 문제와 관련해서 할 수 있는 일은 없기 때문이다. 그리고 어쩔 수 없음을 깨닫는다. 그것을 인정하고 더 이상 연연하여 뒤를 돌아볼 것도 없다.

이 사회는 진심인 사람이 약자라고 말한다. 그건 가장 불행한 생각이다. 진심은 나쁜 감정마저 바꾸어놓는 힘이 있다. 기분이 아닌 느낌을 스스로에게 말한다. 그 느낌을 나답게 바꾸면 편안한 감정으로 바뀐다. 감정은 표현하면 해소된다. 나만의 방식으로 나의 느낌은 이랬다고 스스로 불안한 순간을 표현함으로써 더 넓어진 나를 만날 수 있다. 말로 하기 힘들다면 글로 써보는 것도 도움이 된다. 지금 나의 감정이 어떤지 일단 떠오르는 대로 다 써보자. 그리고 내가 왜 이런 감정을 가지게 되었는지 적어보자. 너무 어렵게 생각하지 말고 하나하나 천천히 받아들인 뒤 다시 생각하자. 글로 써서 보면 생각보다 그렇게 큰일이 아님을 알게 된다. 이것은 복잡한 감정을 단순하게 바꾸는 힌트다.

감정을 통제한다는 건 어려울 수 있다. 만약 상대가 사건 이후 자신의 행동에 대해 미안한 마음을 표하거나 후회를 한다면 너그럽게 받아줄 수 있다. 아마 우리 또한 다른 사람에게 많은 실수를 했을 것이다. 그러니 그 문제가 정말 생사를 오가는 것이 아니라면 똑같이 불완전한 사람의 실수쯤은 넘겨주자.

부정적인 생각을 버리는 연습

생각이 끊이지 않을 때가 있다. 5분 만에 수천 개의 단어들이 머릿속에서 떠나지 않는다. 이럴 때면 불안이 엄습해온다. 나의 의지와 상관없이 피어오르는 생각들에 겁이 난다. 이런 일의 대부분은 부정적인 생각들이다. 그러기에 놓아주지 못하고 전전긍긍하며 계속 생각만 하는 것이다.

최근에 나에게 실망을 안겨준 사람이 있다. 지금은 그 상대와 인연을 분리했지만, 나의 생각은 현재진행 중이었다. '아, 나는 그를 믿었는데 어떻게 사람이 한순간에 변할 수가 있지?' 하루에도 수십 번 그때의 부정적 감정과 생각들이 나를 괴롭혔다. 그러면서도 '왜 이 생각이 멈추어지지 않는 거지? 나는 왜 이러고 있는 걸까?'라며 나의 상태에 대한 고민까지 더해졌다. 한 가지 생각이 겨우 끝나면 곧바로 다른 생각들이 꼬리를 물고 찾아온다. 생각해보면 좋고 나쁘든 늘 '생각'을 하고 있다. 그렇다고 문제가 해결되는 것이 아니다. 오히려 마음속 감정들은 고립된다. 생각을 멈추고 싶다고 억지로 억누르는 길을 택한다면 더 힘차게 피어오른다. 그 생각들을 차근차근 깊이 생각해보자. 왜 이런 생각들을 가지게 되었는지, 뿌리가 어디인지 깊이 생각해보고 그것들을 눈에 보이게 써내려가자. 그럴수록 문제는 그렇게 어렵지 않다는 것을 알 수 있다. 부정적 생각을 잠재울 수도 있다. 이러한 현상은 한 번으로 끝나는 것이 아니다. 또 다시 생각이 날 수 있지만, 당황하지 말고 또 한 번 깊이 그 생각의 바닥을 생각해보자. 생각 또한 습관이므로 그 습관을 다시 길들일 수 있다.

조바심은 쉽게 지치게 만든다. 조바심 앞에서는 될 일도 안 된다. 이는 모든 관계와 나의 선택에도 적용된다. 지금 무수하게 피어오르는 부정적인 생각에는 조바심이 깔려 있다. 조바심은 머릿속을 혼란으로 휘둘러 생각을 버리기가 더 어렵다. 생각이 감정을 만든다. 부정적인 견해를 가진 사람이 우울증에 시달리기도 쉽다. 스스로의 밝은 빛이 부족하기 때문에 모든 외부적인 것들이 우중충하게 비춰진다. 그 우중충한 마음의 날씨는 결국 우울증을 가져온다. 프랑스의 철학자 몽테뉴는 이런 말을 했다. "인간은 일어난 일보다는 그 일에 대한 자신의 생각 때문에 상처 입는다. 그리고 일어난 일에 대한 우리의 생각은 전적으로 우리 자신에게 달려 있다."

결국 생각이 모든 감정을 건드리는 것이다. 그러니 우리의 생각에도 연습이 필요하다. 이미 이루어진 생각 습관은 바꾸기 힘들지만, 그 습관에 새로운 습관을 입히면 가능하다. 즉 더 좋은 습관으로 덮어버리자. 어떤 생각의 방향을 가지느냐에 따라 내가 오늘 어떤 하루를 보낼 수 있는지가 달려 있다. 머릿속을 어떤 분위기로 채우는지에 따라 그날의 마음가짐이 달라진다. 사랑스럽고 활기찬 이미지로 채우면 그날의 몸과 마음, 그리고 표정까지도 변한다. 그러다 보면 긴장이 풀리고 어느새 부정적인 생각들은 저 멀리 지나간다.

머릿속을 흰 도화지라고 생각하자. 그 위에 그리고 싶은 나를 그리고 나에게 어울리는 색으로 칠하자. 물에 젖어서 종이가 흐물흐물해진다 해도 그 흔적은 사라지지 않는다. 부정적인 생각들이 틈으로 들어온다 해도 우리가 그려놓은 이미지의 흔적은 완전히 사라지지 않는다. 자신이 되고 싶은 모습을 그리며 기분 좋은 일들이 이미 이루어진듯 행동하자. 나는 밝은 에너지가 다 빠지고 어둠의 그림자만 몸속을 해매고 다닐 때 드라마 속 주인공을 생각한다. 자기 일에 열심이고 이 세상을 진심으로 살아가며 언제나 당당한 주인공을 생각한다. 이미지를 그리는 게 힘들 때는 영상을 직접 찾아서 보기도 한다. 그러면서 다시 힘을 얻는다. 다시금 밝은 에너지로 몸을 채우는 나만의 비법이다.

부정적인 생각은 우리의 몸도 늙게 만든다. 근심걱정이 많은 사람들은 얼굴빛이 어둡고 표정은 생기가 없다. 늘 미소 짓는 사람 중에는 얼굴에 어둠의 그림자를 찾아보기 힘들다. 그들을 보자마자 환해지기 때문에 상대방도 미소 짓게 만든다. 우리의 몸을 어떻게 변화시킬지는 자신의 선택에 달려 있다. 이렇게 생각하면 인생이 그렇게 어렵지만은 않은 것 같다. 변화에는 늘 용기가 필요하다. 버리는 연습 또한 변화를 위한 한 걸음이다.

마음살림을 잘해야 걱정이 사라진다

나는 체구가 작다. 하지만 마음속 무게는 감당하기 힘들 정도로 많은 감정에 때문에 무거웠다. 늘 '걱정'이라는 아이와 전전긍긍하는 날들이 많았다. 현재와 미래, 그리고 과거를 끄집어내어 괜한 걱정들을 하느라 불안함을 안고 산 적이 있다. 그 불안한 마음에 늘 무언가를 해야 할 것만 같았고 그러면서 나의 시간들은 의미 없이 지나가고 있었다. 이러한 불필요함에 나의 에너지를 빼앗겼고 정작 신경 써야 할 일들에는 힘이 없었다. 나는 변화가 간절했고 충분히 변화할 수 있다는 결론을 얻었다. 단지 흔들린 마음을 빨리 일으키는 방법을 모를 뿐이었다. '지금 나를 힘들게 하는 걱정은 무엇일까?' 어느 순간 나는 이렇게 그 원인을 찾아 생각했다. 그리고 그것을 빨리 흘려보내기 위해 나의 마음을 단단하게 세우기로 했다.

몇 년 동안 서로의 고민을 상담했던 친구의 이야기다. 그날도 마찬가지로 늦은 밤 전화가 왔다. "아, 오늘 회사 대청소날이었는데 사실 좀 불편한 사람이 있어서 가고 싶지 않았어. 그래서 어떻게 말할지 생각하고 있었는데, 상사가 먼저 나한테 '당연히 올수 있지?'라고 말하는 거야. 그래서 나는 그냥 미리 잡아놓은 약속이 있다고 말하고 나와버렸는데, 자꾸 마음에 걸리네…. 내가 핑계 댄 거 알고 나를 싫어하기 시작하면 어쩌지?" 친구는 이 문제를 그 상사를 만나기 전까지 걱정하며 지냈다. 친구의 예상과는 반대로 아무 일도 일어나지 않았다. 생각해보니, 우리가 하는 모든 사소한 걱정들 대부분은 아직 일어나지도 않은 일에 대해 우리가 이미 가상으로 만들어놓은 과정과 결론이다.

"걱정의 40%는 절대 일어나지 않고, 30%는 이미 일어났으며, 22%는 사소한 사건이고, 4%는 바꿀 수 없으며, 4%만이 대처할 수 있는 진짜 사건이라고 말한다. 즉 우리가 힘들게 걱정하고 고민해서 움직일 수 있는 삶의 부분은 고작 4%에 불과하고, 96%

의 불안과 걱정거리는 어찌할 수 없거나 쓸데없는 마음의 고생이니 훌훌 털어버려라." _ 어니 젤린스키, 《느리게 사는 즐거움》 중에서

4%만이 대처할 수 있는 진짜 사건이라면, 우리는 너무 많은 순간들을 잃어버리고 있었다. 나의 경우를 생각해보면 머릿속으로 상상했던 일들은 결국 일어나지 않았다. 힘겨운 시간을 지나서 보면 나에게 일어났던 일은 내 생각만큼 큰일도 아니었다. 오늘은 계속 흘러가고 있다. 다시는 만나지 못하는 오늘을 가상의 상황 때문에 지나치고 있다. 그러므로 불안함에서 벗어나 우리의 마음이 올바른 방향으로 흘러가도록 하자. 모든 상황의 무게는 마음이 만든다. 나의 마음은 상황을 불안하게도 기쁘게도 만드는 힘이 있다. 사소한 것들을 걱정으로 모두 돌리지 않기 위해서는 나 스스로에 대한 믿음이 필요하다. 내가 어떤 가치를 추구하는지 알아야 한다. 그래서 나의 환경과 내적인 상태가 어떠한지를 둘러볼 필요가 있다. 내가 이미 가진 것들이 무엇인지를 생각해 보았고 감사일기를 썼다.

'오늘도 우리 가족이 무사히 집에 도착할 수 있게 해주셔서 감사합니다.'

'오늘은 먹고 싶었던 음식을 먹을 수 있게 해주셔서 감사합니

다.'

'오늘도 이렇게 글을 쓸 수 있는 것에 감사합니다.'

'오늘, 어제보다 날씨가 따뜻함에 감사합니다.'

사소한 것이기에 스쳐지나갈 수도 있었지만, 글로 써서 그것을 표현하고 눈으로 다시 확인함으로써 밝은 에너지를 가질 수 있었다. 같은 일이지만 감사로 바꿔 바라볼 수도 있는 시각을 가질 수 있다. 그러면 더 이상 사소한 것이 아닌 특별한 것이 될 것이다. 요즘 사람들은 나에게 무한긍정이라는 이름을 붙여준다. 그만큼 사소한 생각은 표정과 에너지에 영향을 준다.

"감사하는 말은 윤활유와 같다. 성공이란 오늘 '감사합니다'라는 말을 몇 번 했는지, 오늘 보낸 감사 편지 수에 비례한다. 모든 것에 감사하는 마음으로 살아간다면 감사해야 할 일은 끊임없이 꼬리를 물고 이어질 것이다." _ 톰 피터스

그의 말처럼 며칠만 감사일기를 써도 효과를 느낄 수 있다. 시간이 지날수록 오늘이라는 하루가 감사로 바뀐다. 이미 충분히 행복할 수 있는 여건을 가졌다. 그럼에도 어둠 때문에 그것들을 인식하지 못하고 있다. 어둠이 몰려올 때 그 어둠이라는 감정에 몰두하느라 지금 누리고 있는 소소한 행복을 느끼지 못하면 너

무나 불행하다. 감사일기는 내가 처한 지금 상황이 그렇게 불행하지 않음을 알게 해준다. 지금 내가 가지고 있는 것들에 감사를 표현함으로써 내적인 상태도 평온해진다. 우리가 좋은 것들에 집중할수록 더 좋은 것들이 다가올 것이다. 이렇게 하나하나 마음을 긍정으로 올바르게 바로잡으면 된다.

나는 주로 마음세탁을 위해 독서를 한다. 나의 지친 마음에 다시 밝은 에너지를 넣기 위한 나만의 전략이었다. 뉴욕에서 홀로 지낼 때의 일이다. 그때의 나는 자신을 스스로 지켜내야 한다고 생각했다. 뉴욕으로 떠난 초반에는 마음을 털어놓을 수 있는 친구가 없었다. 그래서 틈 날 때마다 책을 읽었다. 한없이 흔들리는 마음을 어떻게 다시 곧게 세워야 할지, 이 걱정을 어떤 식으로 흘려보내야 할지 책에서 답을 찾을 수는 없었지만 많은 문장들은 스스로 깨닫고 헤쳐나갈 수 있게 해주었다. 책은 지금 내가 처한 상황들에 속한 어려움과 감정들이 작은 먼지처럼 느껴지게 해준다. 힘들수록 독서를 함으로써 마음에 생기의 호흡을 불어넣어주어야 한다. 그리고 또 다른 마음세탁으로 여행을 즐긴다. 여행은 나를 다시 일으켜 세우고 나의 마음을 더 넓은 생각과 느낌들로 채워주었다. 그러면 큰 용기를 낼 수 있으며 마음은 단단해지기 시작한다.

나처럼 마음살림을 잘 못해 자신에 대한 믿음이 약해진 사람들이 많다. 외부적인 요인들에 흔들려 행복하지 않다면 그보다 불행한 일은 없다. 마음을 무겁게 한 그 원인을 차분히 파악해보자. 나만의 방식과 믿음으로 '아 내가 이런 상태구나, 괜찮다'를 받아들인다. 스트레스를 푸는 방법 중 한 가지는 무조건 써내려가는 것이 있다. 그 안에는 나의 모든 원인, 감정, 상황이 담겨 있고 다시 그것을 읽게 되면 그 일은 그 당시 내가 생각하고 느꼈던 만큼 그리 크지 않다. 그리고 흘려보낼 수 있도록 자아를 단단하게 만드는 과정을 한 단계씩 하다 보면, 나에 대한 믿음이 생기고 뒤를 돌아보기보다 앞을 향해 나아가게 된다. 뉴욕에서 지냈던 그 시절 나의 다이어리에는 빽빽한 스케줄 대신 나를 위한 문장들로 가득하다. 그 1년 넘은 시간동안 끊임없이 나 자신과 대화를 나누고 써내려가는 글들이 나에게 벅차오를 만큼의 밝음을 선물해주었다.

조금 우울하고 답답한 건 모두가 가지고 있다. 그러니 자신을 너무 닦달하며 억지로 소화시키지 말자. 마음도 시간이 필요하다. 인간은 끊임없이 성장하는 존재이다. 그 성장에 있어서 불필요하게 우리를 멈추게 하는 게 있다면, 마음이 보내는 경고를 잘 파악하여 무사히 소화시켜줘야 한다. 마음살림을 잘 하느냐에 따라 우리의 마음은 늙기도 하고 젊어지기도 한다. 지난날의 나는 마음살림을 잘 못해서 이리저리 휘둘리고 늘 걱정을 달고 사는 약한 아이였지만, 지금은 이렇게 다른 누군가에게 도움이 되고자 글을 쓰는 작가가 되었다. 자신을 좋은 에너지로 감싸안아주어 마음이라는 공간에 들어오는 약한 감정들을 단단하게 세워나가자. 그러니 이제부터라도 '마음살림'을 하자. 오늘도 "Don't worry Be happy"를 할 수 있도록 힘을 내자.

마음에게 지지말자

일기예보를 통해 그날의 날씨에 맞춰 대비할 수 있다. 우산을 들고 나가거나, 좀 더 가벼운 옷을 입을 수도 있고, 목을 감쌀 스카프를 챙길 수도 있다. 일기예보는 예상이 가능하다. 우리의 마음속 일기예보는 어떨까? 당장 1분 뒤 나에게 어떤 일이 일어날지, 어떤 반응과 감정을 느낄지 알 수 없다. 지금은 기분이 좋지만 곧 우울해질지 혹은 더 좋아질지 아무도 모른다. 그런 변화무쌍한 마음에게 지지 말고 어떤 일이 일어나든 나의 길을 지켜야 한다.

TV 프로그램 중에는 병에 걸린 몸을 치유하기 위해 산속으로 들어가 사는 사람들을 소개하는 내용이 있다. 그들은 병에 걸리기 전 극심한 스트레스에 시달렸다. 슬픔, 걱정, 절망, 분노와 같은 어두운 감정들을 끌어안고 지냈다. 그런 것들이 마음에 쌓이고 쌓여 결국 병을 만든 것이다. 마음의 병이 몸으로 이어졌다. 이 심리적인 요인 하나가 우리를 병에 걸리게 한다. 다친 마음은 보이지 않지만, 몸에 큰 영향을 미치고 있다. 그래서 마음에게 지지 말아야 한다. 어중간한 상태로 둔다면 우리의 마음은 틈만 나면 다시 무너지기도 휘둘리기도 하므로 마음에 쌓이고 쌓인 먼지를 충분히 털어내야 한다.

우리는 살아가면서 다양한 바람과 마주하게 된다. 좋은 바람, 차가운 바람, 나쁜 바람, 선선한 바람이 불어온다. 그럴 때 우리의 몸이 휘둘리지 않기 위해 꼿꼿하게 몸에 힘을 준다면 어떻게 될까? 몸은 쓸데없이 긴장하게 된다. 그 바람을 등지고 서서 꼿꼿할 필요가 있을까? 그 바람을 이길 수 없다. 넘어설 수 없다. 그냥 자연스럽게 바람을 맞는 게 우리가 할 수 있는 유일한 방법이다. 바람은 살면서 마주하는 많은 문제들이다. 문제를 하나하나 다 해결하려고 한다면 마음은 금방 피곤해진다. 오히려 저항한다면 역효과가 나타나는 법이다. 문제를 피할 수는 없으니, 나에게 왔다면 하나하나 잘 받아들여주자. 꼭 해결되어야 하는 것은 아니다. 모든 문제를 해결할 수도 답을 내릴 수도 없다. 어떤 사건을 정리하고 답을 내리는 게 해결이 아니고, 그것을 내 마음 속에서 잘 흘려보냈을 때가 나에겐 해결이다.

심각하고 겁나는 문제가 닥쳤을 때 대부분은 "큰일이다! 난 이제 끝났어"라고 말한다. 하지만 그 시점은 마지막이 아니라 새로운 시작을 의미하기도 한다. 그때를 전환점으로 생각하고 더 편안한 마음으로 문제들을 보내주면 어떨까? 그것들을 계속 잡고 있을수록, 우리는 마음에게 지는 것이 된다. 내가 주인공이 되어 어떻게 할 수 있는 문제가 아니라면 과감하게 놓아줄 용기가 필요하다. 나의 손에 달린 문제가 아니기에 잡고 있어봤자 마음은 시들어간다. 물론 일들이 닥쳤을 때는 공기조차 어둠으로 변하고 희망이 없어 보이지만 그것이 다가 아님을 알아야 한다. 하늘에서 보면 그 일은 보이지도 않을 만큼 작은 점 하나일 뿐이라는 것. 우리가 앞으로 걸어가야 할 인생시간표에는 빈 칸이 많다는 것. 그 빈칸에 내가 좋아하고 나를 설레게 하는 것들로 채워나가면 됨을 잊지 않았으면 좋겠다. 그러니 일어난 일에 집중하는 것이 아닌, 탁해진 마음을 다시 맑은 공기로 채우는 일에 관심을 두자.

불안한 감정이 생길 때는 나만의 시간을 가지며 온전히 몸에 집중했다. 괜찮다고, 괜찮다고 금방 사라질 안개라고 속삭이며 나의 마음을 기쁨으로 돌릴 수 있는 것들이 무엇인지 생각했다. 내가 무엇을 했을 때 더 당당해지고 안정감을 느끼는지 말이다. 나는 그림을 그리는 것을 좋아하기 때문에, 지금의 감정을 역으로 이용하기로 했다. '오히려 지금의 어두운 감정을 그림으로 나타낸다면 더 멋진 그림이 나오지 않을까?' 이렇게 어둠을 흘려보냈다. 이런 나를 잘 아는 지인들은 요즘에 이렇게 말한다. "오히려 지금 그 감정을 글과 그림으로 표현해봐. 창작활동에 필요한 감정이야." 모든 고통의 깊이는 창작을 돕는다. 그림에 집중하다 보니 나의 감정이 그렇게 싫지만은 않았다. 그 힘든 일이 있었기에 내가 지금 이런 선들을 그릴 수 있게 됐으니 오히려 다행이다. 지금의 상태를 인정하고 그 마음을 표현함으로써 불안을 확신으로 바꾸었다. 표현은 더 넓고 깊어진 나를 만들어가는 과정이었다. 그리고 그 그림들을 모아 전시했다. 전시 주제는 이방인이었다. 내가 미처 알지 못했던 감정들을 이방인이라고 이름을 지었다. 그 그림들을 보고 있으면 한편으로는 '아, 저렇게 힘들었었구나'라는 생각이 든다. 좀 안타깝고 스스로에게 미안하다는 생각이 들지만 또 이렇게 그림을 그릴 수 있게 된 행복함이 공존한다.

감정은 기억과 다르게 표현함으로 사라진다. 그러니 느낀 감정에 당황해하지 말고 표현해보자. 그것이 글이든 그림이든. 그 당시 나 자신이 아닌 내가 겪은 문제에만 집중했더라면 옳은 판단을 하지 못했을 것이다. 아마 상황을 더 커지고 주위 사람들의 모든 영향에 흔들려 나 또한 내가 싫어하는 모습으로 변해갔을 것이다. 있었던 일들은 지워지지 않는다. 결코 지울 수 없지만 그 위에 더 나은 기억으로 덮는다면 가능하다. 이렇게 나는 마음한테 지지 않고 마음속 무거운 안개와 함께 꿈을 키워갔다.

지금도 마찬가지다. 여러 경험들과 그로 인한 깨달음을 이렇게 글로 쓰고 있다. 문득 생각한다. '넘어진 만큼, 그래 여기까지 잘 왔다고.' 그렇게 과거의 어둠은 나에게 특별하게 빛나고 있는 새로운 빛을 선물해주었다. 생각보다 나 자신은 용감했고 보기보다 강했다. 또한 그 일들은 나에게 나만의 분위기와 성장의 속도를 높여주었으며 삶의 진함을 안겨주었다. 결코 쉽게 가질 수 없는 따라할 수도 없는 나만의 색. 우리 각자에게는 꿈도 있고 자신은 몰랐지만 잘할 수 있는 일들이 있다. 그것들에 더 열중해 보자. 마음을 좋아하는 것들로 채우다 보면, 어두운 구름은 자연스럽게 빛에 덮여 지나가게 될 것이다.

무언가 나의 마음을 기쁘게 할 일을 찾지 못했다면, 좋아하는 사람들과의 대화도 도움이 된다. 그들과 함께하는 소통은 보이지 않는 대단한 힘을 나타낸다. 물론 대화의 내용도 중요하지만, 정말 나를 사랑해주는 사람과 시간을 보내자. 그런 사람들이라면 좋은 에너지를 가질 수 있다. 인디밴드 커피소년의 노래 중 〈상처는 별이 되죠〉가 있다. 난 이 제목에 있는 별을 성장의 별이라 하겠다. 상처로 박힌 마음의 점이 우리를 더 나아지게 해줄 테니 너무 억울해만 하지도 멈추지도 말자. 더 밝은 빛으로 반짝거릴 테니 힘을 내자.

4장

끊을수록
풍족해진다

인간관계 정리하기

살면서 함께 울어줄 수 있는 친구도, 나의 일을 자신의 일보다 기뻐해준 친구도, 밤새 통화로 수다를 떨 친구도 있다. 가족은 아니지만 가족 같은 친구들이다. 지금 이 순간 떠오르는 누군가가 있을 것이다. 주위를 둘러보면 사람들로 가득 차 있다. 그만큼 서로에게 꼭 필요한 존재다. 그중에서는 좋은 만남도, 기억하고 싶지 않은 만남도 있다. 즉, '생산적인 관계'와 '비생산적인 관계'로 나눌 수 있다. 사람은 누구에게나 사랑받고 싶어 하지만 모두와 잘 지낼 수는 없다. 곁에 있는 친구를 보면, 저 사람이 어떤 사람인지 알 수 있다고 한다. 그 사람의 가치관과 바라보는 방향에 따라 곁에 있는 상대가 나눠질 수 있다. 결국 자신만의 길이 있고 서로 좋은 영향을 주고받으며 성장해나간다. 그러므로 나의 삶을 위해 '사람을 잘 선택'하여 만나야 한다.

고르디우스의 매듭 이야기로 분명한 점을 알 수 있다. 고르디우스의 매듭은 알렉산더 대왕이 칼로 잘랐다고 하는 전설 속의 매듭이다. 이 매듭을 풀면 아이사의 왕이 된다고 하였다. 하지만 많은 사람은 풀지 못하였다. 그때 알렉산더 대왕이 매듭을 풀고자 노력하였고, 잘 되지 않자 단검을 꺼내어 매듭을 단번에 잘라버렸다. 살면서 관계라는 매듭을 이어가지만, 과감한 선택을 해야 한다. 고르디우스 매듭을 끊듯이 때로는 단호한 태도로 해결해나가야 한다. 만나면 불편하지만 어쩔 수 없이 그 관계를 이어갈 때가 있다. 불필요한 매듭을 묶어서 지내느라, 에너지를 낭비하고 나의 마음과 생각을 혼란스럽게 만들 필요가 있을까?

나의 지인 중에는 L이 있다. 그는 만나면 남의 이야기를 많이 했다. 다른 이의 집안 이야기, 연애 이야기, 그 이야기의 대부분은 너무 큰 사생활이었다. 나는 L의 이야기를 듣고 있으면 이런 생각이 들었다. '분명 그 사람은 답답한 마음에 본인의 무거운 이야기를 했을 것 같은데, 다른 사람에게 이 이야기를 전달해도 될까? 그 사람이 알지는 못하지만, 분명 얼마나 기분이 나쁠까.'

이러한 생각에 만나고 나면 마음이 무거워지기 시작했다. 하지만 내가 L의 생각과 태도를 결코 바꿀 수는 없다. 사실 나도 종종 L에게 나의 속 깊은 고민을 털어 놓은 적이 있다. 돌아오는 해답에 많은 의지를 했다. 그날도 마찬가지로 최근의 고민들을 이야기하고 있었다. 그때 나는 이야기를 듣는 L의 태도가 이해가 되질 않았다. 진지하게 고민을 이야기하던 중 갑자기 카페에서 흘러나오는 음악을 따라 부르기 시작하며 스마트폰을 만지작거렸다. 그 모습을 보고 난 생각했다. '이 고민을 가진 나의 감정과 마음에 관심이 있는 게 아니라 단지 다른 사람의 이야기가 재미있는 거구나.' 그리고 나에게 했듯이 나의 이야기 또한 다른 곳에 가서 할 수도 있겠다는 생각이 들자 만남을 점점 줄여갔다. 이 관계가 생산적인 관계였을까? 물론 고민을 나눌 수 있는 사람이 있으면 좋다. 하지만 그게 다가 아니다. 소통을 하는 과정에서 얼마큼 진실하느냐는 중요하다. 서로 알고 지낸 기간이 길다는 이유로 진실한 사이라고 말하기는 힘들다. 시간은 껍질에 불과하다. 중요한 것은 겉이 아닌 사람의 속이다. 지혜롭지 못한 사람과의 관계는 이롭지 않다. 그런 사람들은 본인만 중요하여 아무렇게나 생각하고 행동한다. 상대방과 이루는 관계의 가치를 잘 판단하여 불필요한 상황에 맞추려고 애쓰지 말자.

성장하는 과정에서 많은 선택을 하게 된다. 어느 길이 올바른 길인지, 내가 추구하는 방향은 어떤 것인지 알아간다. 이 과정은 삶에서 중요한 부분이다. 그 기간에 내가 어떤 사람과 인연을 맺는지에 따라 영향을 받는다. 주로 만나고 어울리는 사람들의 영향으로 나의 태도와 가치관이 영향을 받는다. 넘어져도 나를 다시 올바른 방향으로 일으켜줄 사람과 함께 가길 원한다.

일상에서 스트레스를 많이 받는다. 그중 절반 이상이 관계 속 스트레스다. 그래서 만남도 단순화시킬 필요가 있다. 나는 누구를 사랑할 것이며 그 사랑이 나의 삶과 맞는 사랑일까? 좋지 않은 상황이 되면 관계가 정리된다고 말을 한다. 나는 그것을 정확히 경험한 적이 있다. 지금도 큰 일이 생길 때마다 증명되는 진리다. 어떠한 일이 발생했을 때 오히려 당사자인 나는 가만있었지만, 주위사람들이 삼삼오오 니편 내편 하기 바빴다. '저 사람은 나를 아껴주는 사람인줄 알았는데, 왜 중간에서 말을 옮기지?' 나는 그들과 나의 관계가 진실하다고 생각했다. 안 좋은 상황이 되니 그들에게 있어 단지 남의 일이 재미있었나보다. 덕분에 불필요한 관계를 쉽게 정리할 수 있었고 나에게 더 이상 나쁜 영향은 없어졌다. 그걸로 다행이라 생각한다. 물론 그 당시 정말로 나를 사랑해준 사람들도 있었다. 그들은 나보다 더 수시로 나의 감정을 살펴 연락해주고, 다독여주고, 새로운 힘을 주었다. 세월이 지나도 언제나 나를 믿어주는 사람들이다. 나도 그들에게 너무 고마운 나머지 종종 편지를 쓰곤 한다. 나는 마음을 전하는 걸 좋아한다. 고마움은 표현하는 거라고 생각한다. 시간이 지나 내가 보낸 편지를 힘들 때마다 꺼내봤다는 지인들이 있다. 얼마나 충만한 관계인가! 서로가 서로에게 힘이 되어주는 없어서는 안 될 존재들이다.

인연은 만들어가는 것이다. 잠시 만나더라도 그 순간만큼 나다울 수 있는 시간이 있다. 마음으로 만나기 때문에 불편하지도, 내가 다른 사람의 모습을 취해야 할 필요도 못 느낀다. 만약 잠시라도 나다울 수 없는 만남을 해야 한다면 분명 많은 에너지를 소비하고 오는 날이다. 만남 후가 깨끗하지 않거나 만족스럽지 않다. 정해진 시간 안에서 모든 관계를 포용하며 살기에는 신경써야 할 다른 부분도 많다. 모든 만남을 포용할 수도 없다. 그렇다면 그 나머지는 놓아주자. 물처럼 관계도 자연스럽게 흘러 각자의 길을 갈 수 있도록 말이다. 어쩌면 서로를 위해서 내가 먼저 놓아주는 것도 방법이다. 가끔 놓아주다가 다시 그 끈을 잡는 경우가 있다. 만날 때는 부정적이지만 가끔 생각나는 사람이 있다. 하지만 그 끈을 다시 잡아 이어가도 결과는 똑같다. 또 한 번 애쓰는 과정을 겪을 뿐이다. 그 사람도 나도 그대로이기 때문이다. 남녀 간의 인연이든 친구 간의 인연이든 자연스럽지 않고 계속 억지로 맞춰야 한다는 것은 이미 잘못된 길이다. 나는 그런 만남에 더 이상 애쓰고 싶지 않다. 사실 마음으로 이어진 관계는 그렇게 애쓸 필요도 불편을 느낄 이유도 없다. 한 번에 상대를 끊기 어렵다면, 그냥 서서히 놓아주자.

사람은 모두 같을 수 없지만, 그 다름 안에서 서로의 부족함을 채워주는 존재도 있다. 상대방과의 '건강한 관계'는 나의 마음과 생각도 단단해지는 데 많은 도움이 된다. 우리의 인생은 소중한 사람들과 시간을 보내기도 충분하지 않다. 비생산적인 관계를 정리하여 나를 진정으로 사랑해주는 소중한 사람들에게 집중하자.

혼자서도 잘 지낼 때 관계도 편해진다

우리는 늘 누군가와 함께하길 원하고 상대로부터 행복하길 원한다. 행복하고자 하는 욕구는 당연한 것이지만 상대방에게 의존적이 되면 위험하다. 혼자서도 잘 지낼 때 모든 관계가 편해진다. 지금 이 순간을 나로서 열심히 살아간다면, 많은 관계들이 의도하지 않아도 이어진다. 우리의 삶의 의미는 지금에 있다. 미래의 일들을 생각하며 무언가를 열망하며 사는 것이 아니라 지금을 살아야 한다. 하루하루를 자신의 성장을 위해 값진 시간을 보내자. 지금과 하나가 되어 성실히 살아간다면 스스로가 삶을 지배하게 된다. 그 안에서 꿋꿋하게 서 있는 당신은 혼자로도 충분히 행복한 삶을 보낼 수 있다. 자신의 행복에 스스로 책임감을 가지는 사람에게 끌린다.

사랑에 빠지는 경우는 다양하다. 어느 경우에는 자신이 이루고 싶은 모습을 갖고 있는 상대에게 강한 호감을 가진다. 그 사람을 통해서 대신 만족하며 상대의 모습에 나를 투영시킨다. 그래서 그 사람이 잘못되거나 또 헤매고 있는 모습들을 보면 나 자신의 일처럼 너무 안타깝다. 그러다 보면 집착까지 이어지게 된다. 결국 그 관계는 오래가지 못하고 상대방에게 더 많은 피로를 줄 것이다. 상대를 자신의 애정과 관심으로 빛나게 만드는 것이 아닌 그 주의를 자신에게 돌려 스스로를 빛나게 해보면 어떨까? 만나는 상대가 없다고 지금 이 순간이 부질없는 시간도 아니다. 혼자 있을 수 있는 시간은 나를 더 준비된 사람으로 발전시킬 시간이다. 연애라는 것은 단지 감정 하나로만 이루어질 수 없다. 서로 많은 노력을 기울여야 한다. 그러기 위해서는 혼자 있을 때 나를 더 단단한 사람으로 성장시키자.

우리는 그동안 계속 무언가를 해야 한다는 생각으로 달려왔다. 그래서 정작 나 자신은 어떤 사람인지 정체성에 대한 고민을 할 수 없었다. 자신에 대해 미숙한 상태에서 누군가와 관계를 맺는 일은 불안정하다. 완벽한 준비를 할 수 없지만, 어느 정도의 준비가 됐을 때 사랑에 빠지는 일도 관계를 이어가는 일도 잘 해내갈수 있다. 결국 사랑을 하고 결혼까지 이어가는 기본은 두 사람이 튼튼한 우정을 쌓았을 때이다. 상대가 나를 채워줄 것을 기대하지 말자. 혼자로서 스스로 온전해질 때 다른 사람과의 관계도 더 건강하다.

늘 외부로부터 채우고 만족하는 것이 아닌, 자신에게 집중하는 법을 배워야 한다. 자신의 내면과 마음의 이야기를 들어야 한다. 온전히 자신을 위해 열심히 살아보라는 것이다. 그러기 위해서는 나의 장점은 살리고 부족한 점은 채우는 방식으로 자신에 대해 더 잘 파악해야 한다. 자신의 분명한 가치관을 세우는 일, 누군가에게 의존하기보다는 스스로의 인생을 즐길 수 있는 상태는 스스로 계속 성장시키는 일에 전념하여 온전한 자신을 찾는 과정에서 만들 수 있다. 그러다 보면 누군가가 옆에 꼭 있어야 한다는 그 생각이 약한 생각임을 알게 될 것이다. 스스로 내적인 자아가 단단해지는 시기가 있다. 자신의 삶에 관심을 둘수록 세상에 대해 더 올바른 시각을 가지게 된다. 우리는 자신이 늘 좋은 선택과 길을 가기를 원하기 때문에 대충 넘길 수가 없다. 나만의 가치관으로 하루를 충실히 보낸다면 스스로 보람을 느끼게 된다.

살면서 많은 질문들에 대한 답을 생각한다. 하지만 정작 먼저 질문을 던지지는 않는다. 어떠한 사람이 되고 싶은지, 정말로 원하는 것이 무엇인지, 스스로에게 질문을 던져야 한다. 그 질문들을 통해 나에게 맞는 의미 있는 삶을 위해 용기를 가진다.

"질문이라는 단어 속에는 다른 단어가 들어있다. '찾아서 추구함'이란 아름다운 말. 나는 그 단어를 사랑한다." _ 엘리 위젤

나에게 맞는 방향을 찾아서 추구하는 것, 스스로 꿈을 찾아 나아가는 길, 그 길이 쉽지 않을 수 있고 외로울 수도 있지만 노력할 만한 충분한 가치가 있다. 삶에서 대충 얻어지는 것은 하나도 없다. 혼자서 잘 지내는 것 또한 노력으로 시작하여 과정을 즐기는 일로 완성된다. 생각을 즐기는 사색, 원하는 것을 갈망하는 열망 등은 더 나은 내가 되려고 노력하는 과정에서 진정한 행복을 맛볼 수 있다. 하루를 충만하게 보내는 일은 물질적인 것과 바꿀 수 없는 기쁨이다. 혼자서도 충분히 누릴 수 있는 만족감이다. 나 또한 지난날 상대에 대한 많은 기대감과 헛된 희망으로 스스로에게 상처를 줄 때가 있었다. 그 일들을 통해 나는 나에 대해 다시 생각할 계기가 됐다. 내가 왜 그런지를 먼저 생각해보았다. 그리고 상대에게 무언가를 바라지 않기 위해 스스로가 단단해져야겠다고 생각했다. 단단하면서도 부드러울 수 있

는 상태를 원했다. 다른 이에게 쏟던 생각과 에너지들을 나에게 돌리기 위해 노력했다. 그럴수록 내가 지금 하고 있는 일에 대해서 온전히 집중했다. 물론 흔들릴 때도 있지만 장기 마라톤이라 생각하고 힘을 냈다. 그 흔들림을 억누르는 것보다 인정하고 스스로를 다독여주었다.

완벽할 순 없지만 나와 잘 지낼 수 있을 때 누군가와 관계를 맺고 싶다. 그럼 우리의 관계가 더 안정대로를 걷지 않을까? 적어도 어떤 순간에 내가 미숙하게 행동하는지를 여러 경험을 통해 파악해냈다. 그렇기에 내가 흔들릴 수 있는 장면들을 만들지 않으려 했다. 기분을 잘 관리하고 혼자서 어떠한 상황에서도 잘 지낼 수 있도록 했다. 나 사이의 전쟁을 없애는 일은 중요하다. 내면속의 전쟁이 계속된다면 불안에 휩싸이기가 쉽다. 불안이라는 감정은 독과 같아서 한 번 일어나면 강하게 정체성을 드러낸다. 그러니 스스로가 불안이 생기지 않도록 해소할 것은 잘 해소하는 일도 중요하다. 어떤 사람들 중에는 혼자서 늘 꽁꽁 싸매고 있는 사람들이 있다. 억압한다고 자신의 단점을 드러내지 않는다고 좋은 것만은 아니다. 감정의 해소가 이루어져야 꽉 막힌 공기가 빠져나가 신선한 공기로 대체된다. 남들에게 보이지 않는다고 해서 괜찮은 것이 아니다. 정말 생각해야 하는 것은 나 자신이다. 자신이 건강해야 타인에게도 좋은 에너지를 전달한다.

혼자서도 잘 지낸다는 것을 혼자서 무언가 많이 하는 것으로 생각하는 사람들이 많다. 그것 또한 내면의 대화가 아닌 마음을 외부의 자극으로부터 채우려는 행동 중 하나이다. 항상 누군가를 만나고 배우고 문화생활을 쌓으려고 바쁘다. 하지만 몸은 바쁘게 움직이면서도 내면은 그만큼 채워지지가 않는다. 그러면 무언가 더 배워야 하나 또 생각한다. 더 즐거운 곳이 어딘지 검색하고 찾는다. 그런 생활은 언제나 어딘가 뚫려 있는 허전함을 준다. 내면이 풍요로워지면 혼자서도 충분히 즐겁다. 만족이라는 길도 쉬워진다. 내면의 만족이 쉬울 수 있다는 것은 여유로워졌다는 증거다. 쓸데없이 집착했던 초조한 상태에서 벗어나 여유를 찾는다. 우리는 바꿀 수 없는 것들에 초조해하며 집착하게 된다.

과거와 미래의 집착을 놓아야 한다. 과거에 연연하지 말고 모든 경험을 성장의 기회였다고 생각하자. 그래야 집착이라는 숨막히는 늪에서 벗어날 수 있다. 바꿀 수 없는 것은 평화롭게 받아들이고 바꿀 수 있는 것에 용기를 내어 정성을 다하자. 그리고 자신을 사랑하는 마음을 가져야 한다. 비록 지금은 마음에는 안 들 수 있지만 지금의 몸과 마음을 사랑해야 한다. 몸은 알고 있다. 자신을 사랑해주고 있는지, 아닌지. 스스로에게 준 사랑만큼

몸도 보답한다. 몸과 정신이 건강해야 혼자서도 더 단단하게 서 있을 수 있다.

반면에 수없이 흔들리고 다른 이에게 의존하고 바라는 것들이 많아질수록 관계도 잘 이어가지 못한다. 그 에너지를 나에게 돌리자. 불필요한 인연이 있는 반면에 좋은 인연도 있다. 그 좋은 인연의 끈을 계속 이어가는 일도 중요하다. 좋은 인연들은 나를 올바른 방향으로 성장시킨다. 관계는 한 사람의 노력만으로는 한계가 있다. 그 끈을 계속 이어가고 싶다면 상대의 속도를 기다릴 줄 알아야 한다. 서로의 호흡을 맞추며 이어가는 것이 건강한 것이다. 그러한 태도는 자신이 건강한 마음과 초조함 그리고 어떤 대상을 향한 집착이 사라져야 가능하다. 그러니 하루하루를 나에게 집중하고 지금 내가 열정을 쏟는 일에 정성을 다하자. 그 정성은 고스란히 내적으로 스며들어 다른 외부로부터 채우려 하지 않을 것이다. 흔들리지 말고 스스로가 삶을 지배하도록 하자. 자신의 기둥을 확실히 세우자. 혼자서도 기쁨을 누릴 수 있을 때 좋은 인연들이 찾아올 것이다. 그때는 그 관계를 나답게 즐기면 된다.

다름을 인정하면 편하다

지구라는 공간은 수많은 사람들로 모여진 집합체이다. 그 안에는 개성, 성향, 본성, 심지어 표정 하나하나까지 어느 하나 똑같은 사람은 없다. 똑같은 엄마 뱃속에서 태어난 쌍둥이들도 성격은 모두 다르다. 또한 사랑을 생각하는 정의도 다양하고, 만남에 있어서 지켜야 할 배려의 기준도 다를 수 있다. 이 세상은 다양한 사람들과 얼마만큼의 조화를 이루며 잘 살아가는지가 과제이다. 하지만 종종 개성의 출동을 일으킨다. 그렇다면 나의 성향을 버리고 최대한 상대에게 맞추며 사는 게 조화를 이루며 사는 것일까? 만약 그렇게 한다면 누군가와 잠시 잘 지낼 수 있겠지만, 그런 관계는 결코 오래하지 못할 것이다. 나라는 사람을 잃지 않으면서 다른 사람과 잘 지낼 수 있는 방법이 있다. 바로 '틀림'이 아닌 '다름'을 인정하는 일이다.

조화를 방해하는 수많은 편견은 우리를 계속 좁은 시야로 살아가게 할 것이다. '틀리다가 아닌 그 사람과 나는 단지 다를 뿐이다'라고 생각한다면 어떤 문제를 놓고 연연하지 않을 것이다. '당신은 그렇게 생각하는군요. 당신의 의견 잘 들었습니다.' 그렇게 마음속으로 존중하면 그만이다.

내가 나의 좁았던 시야를 넓어지게 만들 수 있었던 건, 뉴욕에서의 홀로된 생활이었다. 뉴욕은 우리나라보다 더 많은 인종들이 섞여 있다. 안 그래도 모두 다른 개성을 가지고 있는데 문화의 차이까지 더해진 사회이다. 하지만 많은 사람들이 다양한 인종과 조화를 이루며 살고 있다. 나 홀로 그 넓은 땅에 가서 다양한 사람들 틈에서 지내야 했다. 나는 궁금했다. 이 사람들은 어떤 생각들을 가지며 살까, 그리고 대화하고 싶었다. 처음 만나는 사람들도 많았지만, 그들이 살아가는 방식 그리고 생각의 방향을 알게 되면 신기하고 재미있었다. 나의 제한적이었던 생각과 삶을 깰 수 있는 기회였다. 내 생각에는 틀린 것 같아도 상대는 행복하고 자신감이 넘쳐 보이면, 그에게는 그런 삶의 방향이 맞는 것이다. 다른 생각에 늘 대항한다면, 아마 모든 사람들과 논쟁하고 있는 나를 발견할 것이다. 그런 순간은 부질없다. 꼭 서로의 의견이 일치해야 소통한다고 할 수 있는 것이 아니다. 나와 잘 통한다는 것의 정의에는 잘 받아들이고 공감하며 다를 때는 그 다름을 인정하고 넘길 줄 안다는 것이 포함되어 있다. 의견이 모두 똑같을 순 없는데 누굴 만나든 나와 똑같은 사람만 찾는다면 평생 외롭고 부정적이 될 것이다. '저 사람은 왜 저러지?' '어떻게 저렇게 생각할 수가 있지?' '아 정말 나랑 안 맞아.' 이런 부정적인 생각을 가지게 되면 사람들을 만날 때마다 정말 나랑 맞는 사람인지 아닌지 판단을 먼저 하게 된다.

대학생 시절 겉으로 보이는 스타일과 성격이 전혀 다른 친구와 친하게 지냈다. "넌 어떻게 저 아이와 친하게 지내?" "너랑 진짜 안 맞을 거 같은데?" 이런 말들을 많이 들었다. 나와는 확실히 다르다. 하지만 나는 그 친구와 웃고 떠들며 이야기하는 게 좋았다. 우리의 생각은 조금 다를지라도 서로를 존중해주었기 때문이다. "그래, 너는 그렇게 하는 게 너다운 거 같아." 이렇게 간단명료했다. 각자의 특징을 잘 알고 이해하며 존중해준 것이다. 그럴수록 우리는 웃을 수 있는 날이 많았고, 주위 친구들은 우리의 관계에 대해 부러워했다. 다름 속에서도 우리는 서로를 좋아하고 행복할 수 있었기 때문이다.

'다름을 존중해주는 것'은 삶의 한 부분이다. 사실 우리 모두는 서로에게 배우며 성장해야 하는 사람들이다. 어느 누구 하나 정답만을 말하는 사람은 없다. 나의 생각이 오로지 맞다는 작은 생각보다, '난 더 성장하고 싶다'라는 생각을 가지는 게 좋다. 그러면 다른 사람들의 이야기에 더 집중할 수 있게 된다. 적당히 비슷한 면도 있지만 필요한 만큼의 다름을 가진 이도 있다. 그들의 생각과 가치관 또한 내가 감히 느끼고 생각하지 못했던 부분일 수 있다. 우리는 계속 변화해야 하는 존재이므로 더 나은 생각이 들어올 틈을 만들어주자. 그 배움은 나보다 더 많은 것을 배운 사람들, 더 많이 가진 사람들, 모두에게 존경받는 인물들에게만 있는 건 아니다. 심지어 작은 아기들로부터 배우는 느낌과 세상의 지혜도 있다. 어느 순간에서도 성장을 멈추지 말자. 더 넓고 깊은 곳으로 향하도록 해야 한다.

다양한 사람들을 만나지 못한 경우거나, 소통이 어렵다는 생각이 든다면 일단 책과 소통하는 것을 추천한다. 홀로 있을 때 책이 유일한 소통창고였다. 책 속의 저자의 생각을 느끼고 나의 생각과 비교도 해보고, 새롭게 깨달아 배우는 점도 많았다. 물론 나와 의견이 다른 책들도 있다. '난 이렇게 생각했는데, 이 작가는 이런 생각을 하네'라며 넘긴다. 그리고 계속 읽어간다. 분명 다른 부분에서 내가 배울 점도, 공감할 점도 있기 때문이다.

결국 틀리다가 아닌 다름을 인정하면 편하다. 나도 그 사람의 생각으로는 틀릴 수도 있기 때문이다. 그러니 나부터 우린 생각이 좀 다르다고 받아들이자. 결국 우리는 관계에서 자연스러움을 원하는 것 아닌가? 그 거리의 끈을 만드는 건 결국 나 자신이니 상대의 다름을 존중해주자.

평가에서 멀어지자

우리 주위에는 평가남용자들이 있다. 내가 입는 옷, 태도, 그리고 내가 가지고 있는 생각에 대해 자신의 기준과 비교하여 판단한다. 그 평가는 대부분 부정적인 경우가 많다. 그런 평가들을 계속 듣고 있으면 나 또한 그들에게 휩쓸리는 경우가 있다. 하지만 모두가 다른 가치관과 개성을 가진 이 시대에서 다른 사람을 평가할 이유가 있을까? 또 그들의 평가에 영향을 받을 필요가 있을까? 우리는 그런 사람들을 멀리할 필요가 있다. 세상에는 상대를 존중할 줄 아는 사람도, 나에게 좋은 영향을 주는 사람도 많이 있기 때문이다.

다른 사람을 의식하는 일은 때때로 자연스럽게 이루어진다. 그리고 우리는 그들에게 인정을 받길 원한다. 그래서 어떤 사람들을 보면 행동이 자연스럽지 못할 때가 있다. 나는 그런 사람들을 볼 때면 왜 저렇게 애쓰는가라는 생각이 든다. 그들은 남들로부터 인정받기 위한 노력이라 말할 수 있다. 그런 사람들은 상처도 더 쉽게 더 많이 받는다. 남들에게 인정받지 못한 순간이나 자신에 대한 좋지 않은 말을 들었을 경우 견디기 힘들어한다. 자존감이 낮아지는 경우가 많다. 그리고 늘 타인의 시선에 신경 쓰느라 '나'라는 존재를 잊게 되고 억누르며 스트레스받는 순간들이 많다. 세상에 모든 사람들을 의식하며 좋은 평가를 바라는 것에 에너지를 뺏기는 일은 그만하자. 우리는 타인의 기대에 맞춰 사는 사람들이 아니다.

남들을 너무 의식하는 것도 문제이지만, 평가하기 좋아하는 사람들도 문제다. 어쩌면 그 평가자들 때문에 의식하고 눈치 보는 사람들이 늘어났을지도 모른다. 사실 무언가를 평가한다는 것은 어렵지 않다. 상대를 생각하기보다는 자신이 하고 싶은 생각과 결론을 내려 말하면 된다. 다른 사람들의 이야기라고 더 쉽게 말하는 경우가 많다. 본인의 생활에 불만이 많은 지인이 있다. 그 불만들을 나에게 다 토해냈고 그는 어떤 선택을 하고 풀어나가야 할지 망설이고 있었다. 나는 만날 때마다 똑같은 고민을 듣고 있었다. 더 이상 나도 그에게 해줄 말이 없을 만큼 변화가 없었다. 그러나 그는 나의 고민에 대해서는 1초의 망설임도 없이 평가를 내렸다. "이렇게 해, 잘못했네, 그건 별로야, 너는 왜 그러니…." 나는 그 진지함 하나 없는 대답들을 어느 순간부터 듣고 싶지 않아졌다. 무조건 상대의 인생을 평가내리는 것은 참 쉽다. 말 몇 마디 말이면 끝난다. 그 무심한 평가에 영향을 받으며 살 것인가? 다른 사람이 어떤 평가를 내리는 것은 나의 영역이 아니다. 그 사람의 몫이고 내가 신경 쓸 일이 아니다. 앞으로 그들의 말에 속지도, 감정의 휘둘림을 당하지도 말자. 그것은 단지 그 사람 개인의 생각에서 나온 말일 뿐이다.

사실 남이 나를 부당하게 평가하는 걸 막을 방법은 없다. 대신 우리는 그 부당한 평가가 나를 괴롭히도록 놔둘지 말지는 스스로 선택할 수 있다. 그들이 주는 영향력은 대단하지만 그렇다고 그들의 평가에 영향을 받아서 기가 죽거나 나의 길에서 벗어나 옆길로 걸어가지 말도록 하자. 어떠한 판단에서 남이 나의 가치를 정하도록 내버려두지 말자. 다양한 사람들이 있는 만큼 개개인의 생각, 태도, 됨됨이들은 다양하다. 그러므로 다른 사람의 판단으로 내 가치를 결정짓지 말자. 물론 우리는 사람들과 섞여 살면서 상대에게 배울 점도 많다. 하지만 부당한 평가는 들을 필요가 없다. 다른 사람들의 조언에 귀를 여는 것은 좋지만 그들의 평가에 좌지우지되는 것이 아닌 나의 소신대로 살아야 한다. 그것은 나를 내가 원하는 삶으로 데려간다. 우리의 마음은 시시각각 변해 늘 똑같은 상태에 이르지 않는다. 남들이 하는 부당한 평가는 나의 마음을 좁게 만드는 요인이 될 수도 있다. 어떤 경우에는 그 사람의 평가에 내가 영향을 받고 있는지조차 못 느낄 때가 있다.

"하버드 대학의 크리스타키스 교수가 32년간 12,000명을 추적해봤더니, 친한 친구가 뚱뚱하면 나도 뚱뚱해질 가능성이 무려 세 배나 높아졌다. 뚱뚱한 친구가 나와 얼마나 멀리 떨어져 사느냐는 아무 상관이 없다. 지구 정반대 편인 브라질에 살든, 태양계의 저 끝 토성에 올라가 살든, 내가 그 친구 모습을 좋아하는 마음으로 자주 떠올려 바라볼수록 나도 모르게 점점 몸이 뚱뚱해진다. 내가 끌어당겨 자주 바라보는 이미지가 내 몸도 변화시키는 것이다." _ 김상운,《왓칭》중에서

거리와 상관없이 우리는 영향을 받을 수 있다. 하물며 직접적인 대화로 인한 영향은 얼마나 어마어마하게 크겠는가. 남들로부터 받는 평가 한마디가 앞으로의 인생을 좌우할 수 있다. 말

의 힘은 크다. 그러니 타인의 말에 영향을 받지 말자. 내가 누구인지는 오직 나만 알 뿐이다. 무조건적인 평가가 아닌 옳은 길에서 벗어나지 않도록 도와주는 친구가 당신을 정말 아끼는 사람이다.

목적을 가지고 만나는 관계는 한계가 있다

여행지에서 우연히 만난 인연들은 기쁨이다. 그들과 나 사이에는 목적이 없기 때문이다. 목적을 찾으라고 한다면 이 순간을 즐기는 것뿐이다. 그래서인지 서로에게 더 솔직해지고 지금 이 순간을 느끼는 것에 초점을 둔다. 그렇다고 그 만남들이 가볍지는 않다. 새로운 곳에서 만난 낯선 사람이지만 따뜻한 경우가 많다. 머리가 아닌 가슴으로 상대를 맞이하기 때문이다.

독일에서의 일이다. 결혼을 앞둔 지인과 함께 독일 여행을 갔다. 그곳에서 우리는 차로 운전해서 프랑스와 프라하까지 여행을 했다. 그러다가 좋은 부부를 만나게 되었고 그들의 집에 초대되었다. 부부와 할머니, 세 식구가 살고 있는 아담한 집이었다. 그들은 참 따뜻했다. 그 따뜻함이 온 집안에 퍼졌음을 느낄 수 있었다. 그들은 우리를 정성껏 맞이해주었고 우리를 위해 차려준 맛있는 음식과 함께 독일에 대해서도 말해주었다. 또 그들이 살아온 이야기도 들려주었다. 그 이야기를 통해 새로운 생각들을 할 수 있었고 다시 한 번 소중한 것들에 집중할 수 있었다. 그 후 그 부부는 나의 롤모델이 되었다. 처음 만난 사람들을 롤모델로 정하다니! 정말 그만큼 그 만남이 벅차올랐다는 것이다. 이미 내 마음속에서는 춤추는 파티가 열렸다. 그들과 헤어지는 순간이 너무 아쉬워 그들의 이메일을 적어왔다. 지금도 그날만 생각하면 입꼬리가 올라간다. 그래서 나는 여행지에서 누군가를 만나는 것이 좋다. 서로가 같은 것을 느끼고 있는 것 같다. 이상하게 여행을 떠나면 이웃이라는 개념에 대해 다시 생각하게 된다. 같은 아파트에 살아도 이웃과 대화하는 것이 참 어색하고 심지어 누가 사는지도 모르지만 여행지에서 만난 사람들은 모두 자연스럽게 이웃이 된다. 이웃이라는 개념을 좀 더 확장시켜야 할 것 같다. 단지 옆집, 옆 동내에 사는 사람이 아닌, 사람 대 사람으로서 미소를 나눌 수 있는 모든 사람을 이웃이라고 하겠다.

나의 생각과 감정을 나누고 싶을 때 이미 마음을 충분히 나눈 친구를 만난다. 친구와 대화를 나누다가 나의 문제가 해결되지 않아도 우리는 충분하다. 같이 얼굴 보고 소통한 것 자체가 목적 달성이다. 무언가의 결론을 얻었다고 해서 성공한 것이 아니다. 그 순간 함께하고 마음을 전달하고 그러면서 웃고 울고 한 그 시간 자체가 소중한 것이다. 서로의 이익을 따지지 않는다. 친구를 위해 나의 시간을 쓰고 감정을 소비했다 해도 그것을 계산하지 않고 희생이라고도 생각하지 않는다. 지금 나는 너의 앞에 앉아서 너의 고민을 들어주는 걸 당연하게 생각한다. 계산하는 순간 우리의 끈은 언젠간 끝날 테니까. 물론 일적으로 만나는 사람들은 사회적인 관계이기에 목적을 동반할 경우가 있다. 상황에 따라서 그런 만남이 옳은 것이다. 하지만 그렇다고 자신의 이익만은 따지지 않는다. 상대의 이야기도 잘 듣고 파악하여 서로를 위해 조율하는 것이다. 모든 만남에서 본인의 이익만 따진다면 그 만남 또한 신뢰가 없고 한계가 있다.

우리는 대접받고 싶은 만큼 상대를 대접해줘야 한다. 무언가를 바라고 하는 행동이 아닌 마음으로 해주어야 한다. 그래야 오래가고 진정한 관계로 쌓여간다. 가끔씩은 이 세상에서 진심인 사람들이 손해받는 것 같다는 기분이 들지만, 그 길이 옳다. 진심은 언제나 통한다. 누구를 만나든 그 소중한 시간을 진심으로 대한다면 칭찬받아 마땅하다. 진심은 길게 보면 결국 좋은 모습으로 돌아오게 되어 있다. 시간이 꽤 걸릴 수도 있지만.

나는 지난 상처들 때문에 누군가가 다가왔을 때 상대의 마음을 온전히 받아들이지 못한 적이 있다. 저 사람은 분명 나에게 다른 목적이 있어서 접근했을 거라고 생각했다. 그런 생각을 가지고 만나는 것은 참 힘들었다. 그렇다고 그것을 표현할 수도 없었다. 오해하기도 하고 쓸데없는 감정 낭비를 하기도 했다. 결국 한계에 부딪혀서 그 관계는 멀어졌다. 하지만 시간이 흐른 지금의 나는 사람을 믿는다. 당연히 마음으로 다가왔을 거라고 생각한다. 그러다 보니 상처도 남들보다 많이 받고 만만하게 보는 경우도 있다. 그 모습이 실제가 아니더라도 내가 아는 상대의 모습으로 믿고 싶다. 그래서 더욱 매 순간에 진심을 가지고 말하고 행동한다. 사람의 온기를 주고받으며 서로를 위한 안식처 역할을 할 때 마음이 참 편하다. 힘들었다고 말하지 않아도 상대는 먼저 어깨를 빌려준다. 마음으로 대화하는 사이. 그런 상대가 있다는 건 잘 살고 있다는 증거이다.

불편한 만남에 나를 맞출 필요는 없다. 어차피 그 순간 제대로 된 소통이 이루어지지 않을 것이라면 애쓸 필요가 없다. 상대는 나의 마음에 관심이 없기 때문이다. 그러기에 모든 정성을 다해서 하는 이야기에 중요성도 그 마음도 느끼지 못할 것이다. 몸은 가까이 있으나 마음은 먼 관계는 한계가 있기 마련이다. 결코 인간관계는 한 사람의 노력으로만 이룰 수 없다. 진정한 소통을 원한다면 목적이 아닌 마음으로 접근하는 사람을 만나자.

서로에게 좋은 영향을 주는 인연들이 있다. 그런 존재들이 곁에 있다면 정말 행복한 삶을 살고 있는 것이다. 너무 가볍게도 무겁게도 말고 서로 넓이와 깊이의 균형을 이룬 관계로 단단해지자. 서로를 헤아릴 줄 아는 마음은 세상 무엇보다 따뜻하다. 분명 우리 주위에 그런 인연들은 존재하고 있다. 그 존재들을 익숙하다는 이유로 소홀히 생각하지 말고 정성을 다해 이어가 보자.

관계에는 적당한 온도가 필요하다

"오늘 너무 좋았어요. 우리 잘 맞는 거 같은데 종종 만나서 대화해요." 인터뷰 후 어느 셰프와 나눈 대화이다. 나는 SNS로 그녀에게 인터뷰를 의뢰했었고 몇 번의 대화를 주고받은 후 우린 만나게 되었다. 프랑스 가정식에서 시작된 대화는 남자친구와의 여행 방법까지 이어졌다. 나는 그의 모든 의견에 공감해주었고 존중했다. 딱딱하게 진행될 수도 있었던 인터뷰지만 그 순간의 즐거움을 유지할 수 있었다. 그리고 우린 다시 만나고 싶은 관계가 되었다. 인터뷰는 말의 민낯을 느끼게 해준다. 나는 이

인터뷰를 마치고 다이어리 마지막 줄에 이렇게 썼다. '적당한 온도의 거리로 좋았다.'

생각해보면 삶에서의 모든 고민의 출발은 '관계'에서 비롯된다. 직장생활에서 가장 힘들어하는 부분은 사람과의 관계라고 한다. 대학을 졸업하고 첫 직장에 들어가서의 일이다. 익숙하지 않은 업무로 직장 선배들로부터 많은 것들을 배워가야 했다. 처음 만난 사수는 친절하게 잘 알려주었다. 그래서 나는 더 열심히 하고 싶다는 마음도 생겼다. 야근도 마다하지 않고 주말에도 회사에 나갔다. 나에게 주어진 일은 조금 힘들지 몰라도 직장 선배들이 좋아서 회사생활이 즐거웠다. 같이 웃으면서 일할 수 있는 공간이었다. 그 자리에 앉아 있는 게 전혀 불편하지 않을 만큼 적응을 잘 하고 있었다. 그러던 어느 날 나의 직속 선배가 그만두었고 새로운 상사가 왔다. '아, 예전처럼 잘 지낼 수 있겠지'라고 생각했다. 하지만 그 관계는 예상을 빗나갔다. 그러자 회사라는 공간이 더 이상 나에게 꿈과 즐거움, 그리고 열정을 주지 못했다. 상대방에 맞게 관계의 거리를 조절했다. 그 적당함을 유지하기가 때로는 어려울 수 있지만 그것이 서로에 대한 최대한의 배려이다. 나는 이 적당함 뒤에 온도를 붙인다. 그 적당함 안에서도 알맞은 온도를 유지해야 한다. 조금 어렵게 들릴 수도 있겠지만, 나는 어느 관계에서든 사람의 온기가 느껴져야 한다고 믿는다. 일이든 인터뷰든 결국 사람 대 사람으로 만나는 것이기 때문에 그 안는 온도가 있다. 그 온도가 더 서먹해질 수도 있는 관계를 적당한 선으로 맺게 해준다.

관계 안에서 자신의 존재감을 느끼는 게 하는 것이 좋다. 누구와의 대화이든 그 순간에 자신의 존재감을 느껴야 한다. 나의 이야기만 많이 한다든가, 나를 상대보다 높게 여기면 안 된다. 그래야 서로에게 건강한 관계가 된다. 종종 혼자만 말하기를 좋아하는 사람을 만나고 돌아오면 피곤할 때가 있다. 듣는 것도 좋아하는 나지만, 너무 일방적일 때는 에너지가 많이 빼앗긴다. 한쪽에서만 자신의 온도를 계속 주기 때문이다. 상대는 그것을 하나씩 받아들이기도 전에 이미 포화상태가 된다. 그러다 보면 지치게 된다. 자기주장만 내세우는 관계는 점점 그 관계의 끈이 약해진다.

온도에는 '배려'가 포함되어 있다. 내가 듣고 싶지 않은 말은 상대에게도 하지 않는 것이다. 내가 느끼고 싶지 않은 감정들도 되도록 상대에게 주지 말자. 원만한 인간관계의 필수요소는 약속이다. 난 약속을 잘 지키는 사람에게 인간적인 매력을 느낀다. 약속은 모든 관계에서 적용되는 큰 요소이다. 하지만 상대가 약속을 지키지 않았다고 해서 불쾌감을 표현하지는 않는다. 그냥 저 사람은 저 정도의 사람이라고 생각한다. 그것이 지속된다면 거리를 더 멀리할 뿐이다. 이 방법을 적용한 결과 관계로 인한 마음속 짐을 많이 덜어냈다. 결국 우리를 고민하고 힘들게 하는 것은 지금 하고 있는 일보다 사람과의 관계에서 오는 어둠이 더 많다. 나 혼자서 완전히 해결할 수 없는 보이지 않는 안개와 소나기들, 그것이 탈 없이 잘 흘러가 다시 해가 나올 수 있도록 하기 위해서는 적당한 빛과 온도의 거리가 필요한 것이다.

인간관계에 있어 가장 두려운 것은 바로 '상처'다. 과연 상대방이 내 진심을 알아줄까, 나를 미워하지는 않을까, 혹시 배신을 당하지는 않을까, 하는 상처에 대한 두려움이 사람들과의 만남에서 스스로의 고립을 유발한다. 상처받기도 상처주기도 싫은 마음, 나 역시도 사랑으로 받은 상처로 인해 관계에 대한 두려움이 생겼었다. '지금 눈에 보이는 저 모습이 진짜일까?' 사람뿐 아니라 내 자신을 믿지 못했다. 하지만 스스로를 고립시키는 생각은 건강하지 않다. 대신에 상처를 덜 받을 수 있는 나만의 방침을 찾았다. 그래서 더욱 적당한 온도의 거리에 대해 생각했다. 그 사람과 내가 정말 사랑하는 사이가 될 때까지 늘 적당함을 유지하기 위해 노력했다. 이것은 모두에게 다 적용시켰다. 이 방침은 스스로를 보호해주었다.

나는 원래 사람을 좋아한다. 그렇기에 사람을 잘 믿고, 모두 나와 같은 진심이라고 생각했다. 감정에 솔직하기에 그 감정을 상대에게 빨리 전달하고 늘 진심을 다했다. 하지만 그 후로부터 나만의 방침을 통해 상대의 범위에 무조건 들어가지 않도록, 너무 많은 감정을 주지 않도록 조절했다. 적당한 사랑을 받고 적당한 사랑을 주는 법은 과거의 지난 실수를 반복하고 싶지 않아서 터득했다. 상처받지 않고 스스로 행복해지는 길을 찾은 것이다. 상대에게 몰입하고 기대할수록 자신만 손해이다.

나는 관계에서 어떤 온도를 유지하는가 스스로 생각해보자. 혼자서만 너무 뜨겁거나 차갑지는 않은지 살펴보자. 수많은 인구가 사는 공간에서 누군가와 인연을 쌓아간다는 것은 귀중한 선물이다. 그 선물의 탑을 자칫하면 무너뜨릴 수가 있다. 종이 한 장 차이는 모든 것에 적용된다고 믿는다. 상대가 마음의 문을 열기도 전에 일방적으로 상대의 영역에 들어가 판단하지 말자. 서로를 배려하는 마음으로 적당한 온도의 거리를 유지한다면 원만한 인간관계를 이룰 수 있다. 그 온도의 거리는 시간이 지남에 따라 선명해진다.

결국 우리에게는 필요한 사람은 한두 명

옆에 좋은 인연이 있다는 건 행복한 일 중 하나이다. 이것은 삶에서 큰 부분을 차지한다. 우리는 살면서 알고 지내는 사람이 많다. 나는 내가 많은 사람들과 가까운 사이가 되어야 잘 살고 있는 줄 알았다. 그리고 그들이 나를 진심으로 바라보고 마음으로 대하는 사람들인 줄 알았다. 하지만 시간이 지날수록 남겨진 인연은 따로 있었다. 모두와 함께 마음을 나눌 수는 없었다. 결국 한두 사람과 함께 어깨를 들썩이며 웃고 길게 말하지 않아도 알아주는 그런 관계가 되었다. 그들과 마음으로 맺어가는 관계는 큰 가치가 있다. 그 소중한 관계로 인해 나는 성장하고 다시 일어날 수 있었다. 결국 나에게는 한두 사람만 필요했다.

뉴욕에서 테솔 수업을 들을 때 만난 친구가 있다. 수업 시작 전 아침부터 만나 스타벅스에서 같이 식사를 해결하고 연말에는 집에서 음식과 와인으로 함께 보냈다. 물 하나를 사러 가더라도 사소한 추억거리가 쌓였다. 아무리 사소한 것들도 이 친구와 함께라면 웃음이 만발했다. 이렇게 코드가 잘 맞는 사람이 있다. 어떤 거창한 이야기도 불필요한 감정들도 느끼지 않아도 되는 자연스러운 관계다. 마음이 통하는 사람과의 대화할 수 있음에 참 고맙다. 이러한 인연을 만나 행복할 수 있어서 고맙다. 보고 싶으면 만나면 되고 소통하고 싶으면 전화하면 되고 힘들면 어깨를 좀 빌리면 된다. 이런 모든 것이 자연스럽게 이루어진다. 우리는 어떠한 목적이 아닌 마음으로 맺어진 관계이기 때문이다. 이렇게 마음으로 맺어진 관계는 평생 간다.

많은 사람들과 관계의 끈을 만들어야 행복한 것이 아니다. 마음으로 선택된 친구들만이 관계 속에서 진정한 행복을 느끼게 한다. 어떠한 목적을 가지고 하는 만남은 일시적일 수밖에 없다. 그러한 만남에는 계산이 요구된다. 목적과 관련된 답들을 내릴 수밖에 없다. 그것은 우리의 내적인 것들을 어루만지지 못한다. 이런저런 많은 일들을 겪은 지금의 나는, 사람들의 눈빛만 보아도 이 사람이 진심인지 아닌지가 느껴진다. 나는 눈빛에서 따스함이 느껴지는 사람이 좋다. 만난 시간은 짧더라도 눈빛이 기억에 남는 사람이 있다. 우리는 누군가를 만나면서 지켜야 할 기본적인 것들이 있다. 기본은 어렵지 않다. 하지만 진실이 요구된다. 상대방과의 약속을 잘 지키는 것, 상대를 배려해 주는 것, 마음으로 대하는 것, 자신의 이익을 구하려 하지 않는 것이다. 참 단순하다. 이런 단순함이 모든 관계에 깔려 있으면 얼마나 좋을까? 기본이 바탕이 된 관계는 건강하다. 이러한 것들은 신뢰를 준다. 신뢰 없는 관계 또한 오래가지 못한다. 신뢰는 보이지 않는 강력한 무기이다. 연인이나 친구 관계에서도 필수적인 요소이다. 그래야 내가 나의 인생의 한순간을 민낯처럼 보여줄 수 있다. 결국 나의 옆에 있는 사람들은 맨 얼굴을 보여주기 두려워하지 않는 사람들이다. 그들은 나에게 자신이 어떤 사람으로 비춰질까 생각하지 않는다. 그들 자신 그대로의 모습으로 나를 마주하며 서로의 실수를 이해한다. 나는 이러한 솔직한 민낯이 좋다.

길을 걷고 있는데 전화 한 통이 걸려왔다. "오늘은 마음이 어땠어? 너의 마음이 힘들 거 같아서 전화했어. 힘들면 언제든지 전화해 바로 너한테로 갈게." 나는 이 말에 너무 큰 감동을 받았다. 나의 슬픔은 잠시 잊어지고 이렇게 소중한 사람이 나의 곁에 있다는 게 감사했다. 나에게 이러한 사람들이 있는데 내가 슬퍼

할 이유가 없었다. 더 가치 있고 더 소중한 사람들이 남아 있다. 그들은 늘 내 곁에 있다. 자주 만나지는 못한다 해도 늘 곁에 있는듯 마음만은 가까웠다. 마음으로 서로를 이해하는 관계다. 나는 그들에게서 받은 사랑을 곁에 있는 사람들에게도 느끼게 해주었다. 이렇게 좋은 관계는 나를 더 성숙하게 만들어준다. 사소한 감정에 내가 너무 어두워지지 않도록, 그것이 지금 전부라는 감정이 들지 않도록 해준다.

이렇게 마음으로 나누는 관계는 평생 간다. 나와 주파수가 맞는 한두 사람과의 순간들을 특별하게 생각하자. 이제는 익숙해진 사람들이라서 배려라는 특성을 잊을 수 있지만, 가까운 사이일수록 더 챙겨야 할 기본이다. 교류할 수 있는 것들을 나누며 오늘도 서로의 보이지 않는 기류를 쌓아올린다. 그리고 가끔은 고맙다고 말하자. 이런 표현은 함께한 순간들을 더 가치 있게 만들어준다. 관계에도 보람과 정성을 느낀다. 오늘도 잠자리에 들기 전에 나의 소중한 사람들에게 늘 곁에 있어줘서 고맙다는 메시지를 보내자. 서로의 마음이 충만해짐을 느낄 것이다.

5장

심플하게
더 심플하게

소중한 것에만 집중하라

누구에게나 시간은 평등하다. 그 안에서 어떠한 방향을 가지고 어떤 가치관을 추구해야 할까? 나를 살아 있게 하는 것은 무엇일까? 목적지보다 스토리가 중요하다. 그에 따라 우리의 미래와 마음가짐이 달라지기 때문이다. 나만의 스토리를 진정한 행복에 가까운 것으로 채우자. 그러기 위해서는 첫 번째로 나에게 가장 소중한 것이 무엇인지를 깊이 생각해야 한다. 그것이 나의 방향의 중심을 잡아준다.

사람들은 특별해지기를 원한다. 특별함을 가지고 싶다면 나다운 빛을 발하면 되는 것이다. 나다운 빛이란 스스로의 행동, 말, 태도, 됨됨이를 말한다. 그 외에 다른 외부적인 것을 더 가지려고 더 높이 올라가려고 한다면 소중한 것들을 놓치게 된다. 소중한 것과 이루고자 하는 열망을 함께 가지고 가는 것은 만만한 일이 아니다. 모든 것을 대등하게 가질 수 없으며 결코 쉬운 일이 아니다.

늘 일에 집중하여 사는 지인이 있다. 그는 밤늦게까지 회사에서 일하고 주말에도 근무를 하며 바쁘게 지냈다. 일이 자신을 대표한다고 생각했고 그것을 이루어야 자신감이 생긴다고 했다. 사랑하는 사람들과 함께하는 시간, 여유의 시간들은 사치라고 생각했다. 일은 그만큼 그녀에게 가장 중요한 삶의 우선순위였다. 물론 일은 어느 정도는 우리의 삶에 필요한 부분이다. 하지만 그 일의 이면에 가장 중요한 것을 놓치고 있는 건 아닌지 생각해봐야 한다. 우리의 목표는 '행복'이다. 많은 사람들은 '다른 사람보다 더 나은 행복'이 목표다. 행복이라는 단어에도 경쟁을 붙인다. 남의 것만 부러워하지 말자. 경쟁과 비교가 함께해서는 결코 진정한 행복을 누릴 수 없다.

나는 일상 속에서 놓친 것들이 무엇인지, 건강한 삶을 보내고 있는지, 내가 중요하다고 생각했던 그 일이 정말 소중한 일이었는지 따져보았다. 늘 바쁘고 무언가를 해내야 한다는 일상은 나를 조급하게 만들었다. 그 조급함은 무언가를 느낄 수도, 깊은 생각들을 할 여유조차 쉽게 주지 않았다. 긴장감은 늘 안 좋은 친구들을 데리고 온다.

한국의 크리스마스는 연인 혹은 친구와 지내야 하는 날이 되었다. 하지만 뉴욕의 크리스마스는 사랑하는 가족과 함께하는 시간이었다. 나는 그곳에서 가족의 소중함에 대해 많이 느끼게 되었다. 늘 가까이에 있어서 그 소중함을 알아채지 못할 때가 많다. 뉴욕에서 내가 혼자 지낸 시간도 너무 소중하고 가치가 있지만, 가족과 함께하는 시간이 더 가치 있다고 생각해 예정보다 일찍 귀국하게 되었다. 나에게 언제나 첫 번째는 사랑하는 사람들이었다. 사소하게 느껴질 수 있는 이 가치를 확실히 가슴으로 느끼게 된 것에 감사한다. 귀국하여 가족의 품으로 다시 돌아온 나는 부모님과 더 많은 시간을 보내게 되었고 그럴수록 관계는 더 친근해졌다. 물론 처음에는 어느 정도의 노력이 필요하다. 후에 시간이 지나 나의 삶을 되돌아본다면 나는 잘한 선택이었다고 말해줄 수 있다. 그만큼 소중한 것들에 집중할수록 돌아오는 내적 만족감은 다른 것들로 대체할 수 없다. 물론 가장 소중한 것의 대상은 개인에 따라 다를 수도 있다. 하지만 공통분모에는 사랑하는 사람들과 함께하는 시간이 있지 않을까?

나의 아버지는 아침저녁으로 늘 바빴다. 하지만 점심시간이면 꼭 연락해서 어머니와 점심약속을 잡는다든지 딸들에게 중요한 일이 있으면 그 일을 먼저 처리한다. 일로 바쁜 아버지지만 늘 가족이 1순위임을 느끼게 해주었다. 나는 이런 아버지가 신기했다. 일과 가족 사이에 균형을 잡는다는 것은 말처럼 쉬운 일은 아니다. 아마 그러기 위해서는 희생이 클 것이다. 하지만 그 희생이 결코 짐스럽게 느껴지지는 않는다. 가장 소중한 것이 무엇인지 알고 있기 때문이다. 아버지는 가족에 대한 마음을 품고 한 걸음씩 세상과 균형을 이루며 오늘을 보내는 것이다. 나는 오늘도 아버지에게 응원의 미소를 보낸다.

인생이라는 긴 터널 안에서 나만의 방법과 속도로 살아가면 된다. 다른 누군가와의 경쟁 마라톤이 아니다. 나만의 방식으로 뛰어왔기 때문에 실패라는 단어는 없다. 잠시 주춤할 수는 있지만, 멈추지 않을 것임을 믿는다. 소중한 것들을 알고 집중한다면 그것은 인생의 큰 기둥이 될 것이다. 그 기준을 두고 하는 선택들은 가치 있고 나를 올바른 방향으로 인도한다. 정신을 온전히 쏟아야 할 가치 있는 것들은 가까이에 있다. 어쩌면 그것들은 우리에게 무언가를 요구하지 않을 것이다. 나를 만드는 것들은 무엇인지, 정신적 성장을 일으키는 것들은 무엇인지 생각해볼 필요가 있다.

진짜 소중한 것은 늘 곁에 있다. 하지만 그것을 발견하지 못한다면 가치를 잃는다. 그래서 지금보다 조금 천천히 걸어도 좋다. 소중한 것을 지키며 걷는 데는 다른 외부의 두려움에 맞설 '용기'가 필요하다. 이 길은 가장 멋진 길이다. 좀 더 용기를 내어 빠르게 싫증나고 지치게 만드는 요인들로부터 발걸음을 뗄 준비를 하자. 마음의 시선을 옮기는 일은 생각보다 쉬울 수 있다. 자신만의 고유한 가치를 완성하며 각자의 인생을 채워나가는 것은 무엇보다 특별하고 잘 성장하고 있다는 증거이다. 그러다보면 자신의 내면의 온도가 올라가 늘 가슴이 꽉차오를 것이다.

똑같은 하루는 없다

'오늘 내가 뭐했지?' 잠시 생각해본다. 단골 카페에 가서 책 읽기, 집에 와서 글쓰기, 친구들과 수다 떨기, 반신욕하기. 이게 나의 하루였다. 그런데 하나 걸리는 것이 있다. 나는 오늘이라는 현재를 생각했는가이다. 나의 정신과 마음은 과거와 미래에 많이 가 있었다. 고통이 수반되는 과거와 자신 없는 미래를 안고 오늘을 살고 있었다. 나의 몸은 습관화된 리듬으로 지냈지만 마음은 지금에 온전하지 못한 것이다. 이럴 때면 나의 하루가 너무 아깝다는 생각이 든다. 다시 돌아오지 않을 오늘을 살지 못한 기분이었다. 우리의 생각이라는 공간에 과거와 미래가 꽉 차 있으면 시간의 덫에 갇히는 일이다. 그러므로 우리가 잠시 과거로 돌아갔다면 그 마음을 다시 지금으로 끌어오자. 지금을 진지하게 살아갈 필요가 있다.

삶에서 어떠한 감각을 느끼는 일은 더 성장시켜주는 원동력이 될 수 있다. 여행지에서는 그곳의 사진을 찍느라 정작 눈으로는 감상하고 느끼는 순간이 너무 짧다. 그 짧은 순간에도 어쩌면 그것을 온전히 느끼기보다 빨리 앵글 안에 담아야지, 빨리 SNS에 올려야지, 이런 생각들로 차 있을지 모른다. 순간을 잘 흡수하고 즐겨야 한다. 또 다시 그곳을 여행할지 모르겠지만, 그때는 분명 자신의 상태가 다를 것이다. 내가 느끼는 감정과 생각들, 그리고 그곳의 날씨조차 똑같지 않을 것이다. 지금 이 순간 모든 감각이 살아 있게 하자. 오늘의 빛, 소리, 가슴 뜨거운 사랑의 순간들, 발걸음…. 모든 것을 하나하나 느끼며 순간을 살자. 지금이라는 상태 안에서 존재할 수 있어야 한다. 우리가 느끼고 경험할 수 있는 것은 미래가 아닌 오로지 오늘뿐이다.

세상에 반복되는 하루는 없듯이 어떤 순간도 영원한 상태는 없다. 모든 것은 계속 변화하므로 우리의 매 순간은 그 자체로 너무 소중하다. 오늘 내가 하는 생각과 마음의 넓이가 내일의 문을 연다. 미래를 위해 더 많은 스펙을 쌓고 더 많은 스케줄을 잡

ALSA

지만 정작 신경 써야 할 부분은 나의 생각이다. 오늘 어떠한 생각을 갖고 있는지를 알아채는 것이 중요하다. 그 생각으로 나의 내일의 오전을 다르게 보낼 수 있기 때문이다. 왜 가장 집중해야 할 것들을 소홀히 생각하는가? 오늘의 내적인 상태가 얼마나 중요한지 꼭 알기를 바란다.

우리들은 지금의 상황에 불만을 가지고 남과 비교한다. 하지만 중요한 것은 우리는 지금을 살고 있다는 것이다. 현재도 즐겁게 보내지 못하는데 장소가 옮겨진다고 바로 행복한 사람이 될 수 있을까? 남과 비교하는 일은 행복을 흐트러뜨리는 요소일 뿐이다. 다시 오지 않을 오늘을 다른 사람의 삶을 생각하고, 부러워하며 보낸다면 오늘이라는 하루에 스스로 앞이 보이지 않는 안개를 덮게 된다. 사실 진부한 하루는 존재하지 않는다. 스스로가 오늘을 시시하게 만드는 것일 뿐이다.

행복을 위한 우선순위

내가 좀 더 가벼워지고 싶다고 생각한 것은 지금 나에게 주어진 이 시간을 더 의미 있게 보내고 싶어서였다. 우선순위는 우리의 목적지를 잘 가기 위한 단계들이다. 많은 사람들은 행복해지기 위해 물질적으로 부유한 성공을 목표로 잡고 달린다. 이렇게 일에만 집중된 삶을 살고 있는 사람들은 오직 성공할 때만 행복과 내적 여유를 느낄 수 있다고 생각한다. 하지만 정작 그 사람들의 내면에는 결핍이 많다. 채워도 만족할 수 없는 마음에 계속 더 높은 것을 바라본다. 행복이라는 목적지로 향하는 과정에서 하루하루를 충실하게 나답게 살아야 성공을 가질 수 있다. 자신만의 행복의 기준을 우선순위에 두고 내면의 만족감과 자유로움을 갖는다. 그럴 때 내가 진정으로 원하는 삶을 살게 된다. 무엇을 많이 가지고 가지지 않고는 결코 중요하지 않다. 행복은 사실 가장 가까이 있고 우리의 마음가짐에 따라 지금도 충분히 행복할 수 있다.

나는 우선순위에 대해 다시 생각했다. 내가 지금 가장 중요하게 생각할 것들은 무엇인지, 어떤 우선순위가 나에게 장기적인 행복을 줄지를 일단 생각나는 대로 다 적어보았다. 그러다 보면 조금 더 분명해지기 시작한다. 종이에는 가족, 여행, 내가 좋아하는 일, 사랑하는 사람들과의 시간, 사랑, 종교, 건강 등을 적었다.

"먼저 그대가 무엇이 되려는지 스스로 말하라. 그런 다음 그대가 해야 할 일을 행하라." _ 에픽테토스

생각나는 대로 적어보고 하나씩 우선순위를 정하다 보면 지금 내가 무엇을 중요하게 두고 있는지 알게 된다. 그 다음 우선순위에 맞게 행동하면 된다. 나는 가족과 함께하는 시간을 중요시했다. 많은 일들을 겪었지만 결국에 늘 나의 곁에 있어준 건

가족임을 안다. 그렇게 말로 표현할 수도 사랑의 크기를 잴 수도 없는 가족과의 시간은 정말 소중한 것이다. 내가 하는 사랑의 방식은 조금이라도 곁에 있어 주는 것이다. 서로의 온기를 느끼게 해주는 것이다. 이게 나의 가장 중요한 우선순위다.

큰 우선순위 아래 그것들에 집중하기 위해 어떻게 행동할 수 있는지도 짧게 적어보자. 어떤 거창한 행동이 요구되지 않는다. 행복을 위한 우선순위이기 때문에 그것을 행동에 옮기는 일도 억지로 하는 것이 아니다. 우선순위를 세우고 행동하면 모든 것이 제자리에 있는 느낌이 든다. 그 느낌은 나에게 안정감을 선물해준다. 내적으로 안정감을 느낄 때 어떤 일을 해도 예민하지 않은 마음으로 할 수 있으며, 일에 대한 여유를 가지게 된다. 우선순위 안에서 나의 가치관의 길은 더 뚜렷해진다. 내가 대부분 중요하게 생각한 것은 본질적인 것이었다. 그리고 이미 우리에게 주어져 있는 것이었다. 그것들을 더 따뜻하게 챙기고 붙잡으면 되는 것이었다.

또 나의 중요한 우선순위 중에는 글이 있다. 글을 쓰는 순간이 행복하다. 세상에 쉬운 게 있을까만, 글 쓰는 일 또한 쉽지 않다. 생각이 나지 않으면 가슴이 답답하고 한 문장이 뭐라고 나를 겁나게 한다. 그렇다고 분량만 채우는 글을 쓰고 싶지도, 쥐어짠 듯한 글을 쓰고 싶지도 않다. 이 글을 읽는 사람들의 감정을 건

드리고 싶다. 물론 글을 쓴다는 것은 나를 더 고립시키기도 하고 예민하게 만들기도 하지만 내가 좋아하는 일이기에 열정을 내게 된다. 순간순간 힘든 언덕들이 나타날 때 잠시 주춤하는 일도 처음에는 스트레스였지만 지금은 다시 천천히 일어나는 방법을 스스로 터득했다. 순간의 어둠이 와도 다시 일어나려고 노력한다. 억지로 앉아서 무언가를 쓰기보다는 다시 가슴을 뛰게 하는 책을 골라 읽기도 한다. 또 마음 편한 사람들을 만나 수다를 떤다. 수다를 떨면 생각이 정리되고 다시 중심을 찾아 글을 이어가게 된다. 이렇게 글은 끝까지 노력하고 싶게 만들고 나의 가슴을 벅차오르게 한다. 지금의 나에게 글은 행복의 목적지이다.

이처럼 우리는 각자에게 맞는 우선순위가 있다. 삶에서 해야 할 일들과 가져야 할 관계들이 참 많다. 그리고 다시는 돌아오지 않을 이 시간을 좀 더 의미 있게 보내고 싶다면 생각해보자. 지금 나에게 가장 중요한 것은 무엇일까? 더 중요한 것과 덜 중요한 것들의 순서, 그 순서가 인생을 변화시킬 열쇠를 쥐고 있다. 우선순위를 세우는 일은 행복을 위한 씨를 뿌리는 일이다. 그 씨를 뿌린 후 행동으로 물을 주고 그 행동으로 인해 돌아오는 것들로 빛을 주면 된다. 그 과정 안에서 행복의 꽃은 활짝 필 것이다. 그 꽃이 활짝 필 때까지 집중하도록 하자.

나를 만드는 인풋과 아웃풋

나를 특별하게 만드는 것은 내가 가지고 있는 태도이다. 내가 하는 말, 행동, 감정의 선율 등이 모여서 나의 됨됨이가 된다. 그것들이 자신만의 빛을 만들어준다. 살면서 수많은 정보들을 입수한다. 독서, 경험 그리고 다른 사람들의 행동을 통해 자연스럽게 흡수하게 된다. 우리가 받아들인 다양한 열매들을 기존의 자신의 것에 더해 더 풍요롭게 만들면서 성장해간다. 사실 성장의 완성이란 존재하지 않는다. 그러니 우리는 죽을 때까지 수없이 흡수하고 표현한다. 인풋만큼 중요한 아웃풋을 기억하고 삶을 더 따뜻하고 가치 있게 만들어보자.

태도는 우리가 살아가면서 자신이 누구인지를 말해준다. 나라는 브랜드를 하나의 제품으로 세상에 내놓게 된다. 그로 인해 상대방이 나에게 다가오기도 또 멀어지기도 한다. 관계에 있어서 불화가 생기는 것도 태도로 인한 경우가 많다. 태도에는 단지 우리가 어떤 행위를 보여주는 것만이 아닌 목소리 톤, 표정, 행동에 담고 있는 모든 것을 말한다. 나는 일과에 대한 계획표를 잘 작성하지는 않지만 내가 어떠한 태도로 하루하루를 맞이하는지에 대해서는 생각한다.

태도는 그 사람을 대표한다. 우리는 자신을 더 괜찮은 사람으로 만들기 위해 책에서 알려주는 좋은 태도를 섭취하고자 애써왔다. 어떤 사람들은 이미지 컨설팅을 따로 받기도 한다. 그만큼 보이는 자세, 말하는 방식 등이 사람을 평가하는 데 큰 역할을 하기 때문이다. 그렇게 공들여 흡수한 것들을 그대로 밖으로 표현되는 것이 중요하다. 나를 위해 좋은 영양식품을 섭취하는 것에서 끝나는 것이 아니라 운동을 하고 좋은 에너지를 뿜어낼 때 온전히 자신의 것이 된다. 그런데도 왜 우리는 다른 사람보다 자신을 더 중요하게 생각할까? 분명 우리가 흡수한 것들은 '늘 상대를 배려하고 사랑하라. 그러면 자신도 행복해 질거다'인데 말이다. 그래서 아웃풋을 잘해야 한다. 잘 걸러내고 자제하여 균형을 잡을 필요가 있다. 인생을 훌륭하게 사는 것은 무언가를 많이 가졌을 때가 아니라 좋은 태도, 즉 좋은 인성을 가졌을 때이다. 그러므로 기분 좋은 것들을 인풋했다면 이웃 사랑이 바탕이 된 아웃풋을 하자.

상대의 아웃풋에 마음이 끌리는 경우가 있다. 그 사람의 외모에 중점을 두는 것이 아닌 태도를 보고 매력을 느끼게 된다. 그런 인연들은 관계가 오래간다. 결국 사람의 마음을 끄는 건 외모보다는 내적인 특성이다. 어떤 경우에는 외모에 반해서 호감을 가졌다가 태도에 실망해서 마음을 접는 경우가 있다.

보통 성향은 바꿀 수 없다고 하지만, 멋진 인풋들이 겹으로 쌓이고 쌓여 더 나은 사람은 충분히 될 수 있다. 기존의 것은 그대로이지만 그 위로 쌓인 인풋들이 태도를 변화시키는 것이다. 그러니 하나의 행동으로 그 사람을 온전히 판단해버리는 건 위험하다. 한 사람을 어떤 사람인지 안다고 말할 수 있는 건 같이 보내는 시간이 길었을 경우에만 합당한 말이다. 만남의 길이가 짧은데 그 사람을 온전히 안다고 판단하는 건 틀릴 가능성이 더 높다. 사람은 같이 보내는 시간의 깊이가 참 중요하다. 그래서 누군가에게 호감이 있고 그 상대에 대해 알기 위해서는 충분한 시간이 필요하다. 그전에는 쉽게 판단하고 그 손을 놓지 말자. 그 상대는 내가 생각했던 것보다 더욱 좋은 사람일수도 있으니 말이다.

늘 곁에 있으면 미소를 만들어주는 사람이 있다. 항상 웃는 얼굴로 대해주고 상대를 위한 마음의 친절로 인해 그 사람 앞에서는 늘 편해진다. 의도하지 않아도 자연스럽게 나오는 그만의 분위기, 그리고 따뜻함, 등을 가질 수 있고 또 아웃풋할 수 있다는 것은 참 축복이다. 결코 모방할 수 없다. 그런 사람들의 아웃풋을 보면 늘 상대를 더 생각한다. 얼마 전 수화봉사를 할 때 그런 사람을 만났다. 처음 만났지만 참 친절하게 나를 대해주었다. 그 사람의 표정과 목소리 톤에서 진심을 느낄 수 있었다. 상대에게 고스란히 전해지기도 하며 상대를 기분 좋게 해줄 수 있는 능력을 가지고 있는 아웃풋이다. 감동이 계기가 되어 상대의 태도를 변화시키는 힘도 있다.

반면 누군가가 툴툴거리며 말하거나 식당에서 음식을 주문할 때 종업원이 불친절하면 우리는 바로 기분이 상한다. 누군가의 한마디로도 기분이 좋아질 수도, 나빠질 수도 있다. 나는 택시에서 내릴 때 "오늘도 수고하세요"라는 인사를 한다. 돌아오는 기사님의 부드러운 대답을 들으면 '인생이 이런 것이지 뭐 있어'라는 생각이 든다. 그로 인해 오늘 만나는 사람들에게 더 친절하고 잘 웃어야지라는 생각마저 든다.

나는 성서를 읽고 있으면 나를 내려놓고 싶다는 생각을 한다.

자기중심적이 아닌 이웃에게 관심을 보이는 일. 나의 이익보다 다른 사람의 이익을 앞자리에 두는 것. 그러다 보면 결국 스스로에게 선물을 주는 것이 된다. 내가 먼저 상대에게 펼친 마음으로 인해 돌아오는 것들은 참 값지다. 물론 자신을 내려놓으며 사는 일은 쉽지가 않다. 계속되는 노력이 요구된다. 분명한 것은 그만큼 아니 노력한 만큼보다 더 많은 것들을 되돌려 받을 것이다. 물론 나도 이 일에서 만큼은 쉽지가 않다. 인식은 하고 있지만 행동으로 옮기는 일이 잘 안 됐다. 노력하는 과정에서 조금씩 더 나아질 것이고 그럴수록 마음은 더 좋은 것들로 채워진다.

아웃풋을 어떻게 하느냐에 따라서 참 많은 것들이 변한다. 그러니 먼저 다른 사람에게 관심을 갖자. 그래야 그들을 생각하는 마음이 생길 것이다. 우리는 사랑하는 사람들끼리 좋은 에너지를 주고받으며 어우러져 살아간다. 누군가에게 힘이 되어준다는 것은 어떠한 것과 비교할 수 없을 만큼 큰 힘이다. 그래서 내가 받았던 사랑에 나만의 기운까지 합해서 돌려주고 싶었다. 상대가 힘들 때 말없이 편지를 써서 주는 작은 일, 전화로 모든 넋두리를 들어주는 일 등 어떻게든 당신 옆에 이렇게 당신을 응원하는 사람이 있음을 느끼게 해주고 싶었다. 차가운 곳에서 사랑과 따뜻함이 필요한 사람들에게 작은 안식처가 되어주고 싶었다. 그들의 마음을 완벽히는 이해할 수 없지만 힘들다는 것과 쉴 곳이 필요함은 알기 때문이다. 어깨가 필요할 때 서로에게 기댈 곳을 주는 일. 참 따뜻한 아웃풋이다.

나를 특별하게 만드는 영양소를 인풋했다면 나의 에너지가 더해진 아웃풋으로 사람들의 마음을 말랑말랑하게 만들어보자. 그러다 보면 마음이 풍족해지고 생각은 심플해진다. 결국 내가 하는 행동, 말, 바라보는 시선 등이 나를 대표하는 것이다. 나를 통해 상대방이 비록 그 순간이라도 따뜻해지도록 대할 수 있다. 나 하나로 이 세상을 바꿀 수는 없지만, 상대의 온도는 바꿀 수 있다. 결국 그런 아웃풋은 나 스스로를 더 행복하게 해준다. 그리고 그 성장은 끝이 없는 노력과 진심으로 이루어진다. 그러니 사소한 것부터 하나씩 실천해나가자. 그중 첫 번째는 상대방에게 가벼운 미소를 보내주는 일이 아닐까.

맨 얼굴이 아름답다

"혜리 씨는 수수해요."

나는 이 말이 좋다. 나라는 사람은 기초화장만 즐기고 옷도 최대한 편하고 심플한 것을 찾고 운동화와 플랫슈즈를 좋아한다. 거울도 잘 보지 않다. 외모에 자신감이 있어서가 결코 아니다. 사실 20년 이상 매일 보는 외모이기에 거울 속 내 모습에 관심이 가지 않는 담담한 이유에서이다. 그리고 이런 내가 편할 뿐이다. 특히 사랑에서 만큼은 더욱 민낯이고 싶다.

여기서 말하는 민낯이란 화장하지 않은 상태만을 말하는 것이 아니다. 나 자신 그대로의 모습이다. 각자 가지고 태어나는 기질이 분명히 있다. 나는 어두운 면과 밝은 면이 너무 선명하게 공존하고 있다. 그 중간을 유지하는 게 어쩌면 가장 좋은 삶인데 내가 가지지 못했으니 어쩌겠는가. 다시 태어나지 않는 이상 어쩔 수 없이 노력하는 수밖에 없다. 하지만 가끔씩 중간 없이 행동하고 있는 나를 보면 당황스럽기도 하고 어찌할 바를 모르기도 하다. 나는 무엇이든 진심으로 해야 한다고 생각한다. 지금은 손해를 보더라도 결국 진심은 통한다고 생각한다. 이런저런 일로 내 자신에 대한 생각이 많았을 때 지인에게 문자 메시지가 왔다. "그냥 너답게 행동했을 때가 가장 잘하는 방법이야." 그래, 세상에 똑같은 사람은 없다. 그럼에도 각자의 빛을 알아봐주는 사람이 존재한다. 오히려 상대를 대할 때 머리 굴리고 계산하는 것보다는 결국 민낯의 힘이 더 강하다. 내면의 힘은 자존감을 높여준다. 나는 중간이 없지만 늘 진심으로 대하는 사람이라 지금은 내가 좋다.

누군가를 마음으로 걱정하고 다가가는 일이 요즘에는 보기 드물다. 요즘은 사랑이 너무 흔하게 입에 오르게 되었다. 가볍게 대화하고 안 맞으면 언제 그랬냐는 듯 쉽게 끝나버리는 만남이 대부분이다. 만남에서 계산하는 일들이 정상이라고 생각하는 시대이다. 물론 그것도 하나의 기술이 될 수도 있다. 하지만 그런 위주의 만남을 하다 보면 결국 오해도 쌓이고 감정이 제대로 된 방향으로 흐르지 않을 것이다. 그러다 보면 분명 중요한 것들을 놓치게 된다.

우리 모두는 불완전한 사람들이다. 그 속의 장점과 단점은 부끄러운 게 아니다. 나쁜 경험과 실수들 또한 꼭 나쁜 것은 아니다. 그것들을 그냥 두는 일이 잘못된 것이다. 실수를 통해 배우고 성장해 가야 한다. 성장의 계기로 인식할 줄 안다면 그것이 우리들에게 해가 될 일은 없다. 그러므로 좋은 포장지로 덮으려고 애쓰지 말자. 우리의 성장은 계속 되고 있다. 그 성장 속에서 솔직해져야 한다. 진실은 언제나 보이지 않는 곳에 있다.

"참사랑 부족이 텔레파시를 주고받을 수 있는 이유는, 무엇보다도 그들이 전혀 거짓말을 하지 않기 때문이었다. 그들은 조금이든 많든 결코 남을 속이지 않는다." _ 말로 모건,《무탄트 메시지》중에서

참사랑 부족은 거짓말을 하지 않기 때문에 숨길 것이 없고 전자기기가 없기 때문에 지금처럼 전화를 걸어서 대화할 수가 없다. 하지만 그들은 언어적으로의 대화가 아닌 마음과 마음으로 대화한다. 그래서 서로를 믿을 수 있다. 굳이 상대가 어떠한 말

을 하지 않아도 서로가 진실했다면 어느 정도 마음을 읽을 수 있다. 거짓말하지 않는 그 자체만으로 서로에게 다가가는 것이 가능했다. 하지만 지금의 우리는 우리의 마음을 다 드러내면서 살 수 있을까? 스스로의 약점을 최대한 감추려 하고 잘 보이고 싶은 부분만 과장해서 보이려 한다. 그러한 안타까운 현실에서도 나는 굳게 믿는 게 있다. 언제나 진심은 통하고 결국은 그게 옳은 길임을. 함께 어울려 사는 삶이라는 것은 누군가를 위로해주고 또 위로를 받으면서 함께 어깨동무하며 사는 것이 아닐까.

스스로의 민낯에 자랑스러우면 좋겠다. 우리가 사랑하는 건 완벽한 모습들보단 결점들에 더 끌리는 법이다. 내적으로 생생하게 살아 있으면 겉으로 보이는 우리의 맨 얼굴도 아름답기 마련이다. 나는 그 사람의 피부와 눈, 코, 입, 그리고 얼굴형에 따라 미적인 기준을 가르기보다는, 상대의 표정과 그 사람만의 분위기에 더 빠지게 된다. 표정이 기분 좋고 편안한 사람들 곁에 있으면 나 또한 미소 짓게 된다. 미세한 표정들은 우리가 의도하지 않아도 마음 상태에 따라 달라진다. 서로에게 미소 지을 수 있는 표정을 선물해주자. 나는 생기 있어 보인다는 소리를 들을 때 기분이 좋다. 얼굴이 지루하다면 거울을 볼 때마다 표정을 바꿔보라 한다. 친구가 나에게 해준 썰렁한 유머다.

인생은 여행하듯

삶의 빠른 속도에 빠져 있는 현대인들이 많다. 그렇게 바쁜 일상을 보내고 있으면서 그들의 마음은 허전하다고 말한다. 무엇을 위해 그렇게 빠른 속도로 앞만 보고 달려왔는가? 인생은 앞으로 계속 나아가는 여행이다. 이 여행에서 어떤 사람들은 불필요한 것을 좇느라 바쁠 것이고 또 다른 사람들은 사랑하는 사람과 지금 이 시간을 즐길 것이다. 그 긴 시간에 어떤 여행을 하고 싶은가? 나는 언젠가부터 일상을 여행하듯 살기로 했다. 우리의 인생을 여행하듯이 더 깊게 느끼고 즐겨보자.

일상을 살펴보면, 똑같은 시간에 일어나 급하게 준비하고 똑같은 곳으로 출근을 한다. 사람이 붐비는 지하철을 이용하며, 좋아하는 책 대신 보기 싫은 두툼한 서류들을 봐야 한다. 날씨가 좋은 날이면 공원에 나가 여유를 부리는 대신 사무실 창문으로 그저 바라보기만 한다. 우리는 결국 이런 일상을 살아가야 한다.

어느 날 저녁 와인 한잔하고 싶은 날이 있다. 그럴 때면 문득 나도 이제 삶의 무게로 인한 알코올이 생각나는 나이가 됐나보다 싶다. 흘러가는 나의 인생 필름을 생각하고 까닭 모르게 울컥할 때마다 여행을 떠올렸고, 떠나지 못할 때면 책을 읽고 음악과 함께 걸었다. 또 무언가 회복을 원할 때면 여행이 더욱 생각난다. 생각할 시간을 갖길 원하고 좋은 기운을 채울 필요를 느끼기 때문이다. 시간을 내서 틈틈이 여행을 즐기지만 못할 때가 대부분이다. 생각해보면 지금 우리가 살아가는 이 공간에서는 낯선 사람이 다가오면 피하기 급하다. 하지만 여행은 우리를 용감하게 만든다. 겁 없는 도전을 하기도 하며 낯선 사람들과 대화를 하기도 한다. 여행을 하는 동안 우리의 마음속에 여백이 생겼기 때문이다. 그 여백은 여유를 만든다. 나는 여행을 하고 돌아오면 며칠 동안은 그 기운으로 더 밝아진 나를 발견하게 된다. 그런 나를 발견하면서 지금 이곳에서도 여행하듯 산다면 내가 삶을 바라보고 대하는 태도가 달라질 거라는 믿음이 생겼다.

무대가 끝나면 사람들은 앙코르를 외친다. 여러 가지 음색의 휘파람과 나와달라는 목소리로 다시 한 번 연주자를 무대 위로 불러낸다. 사실 본 연주의 순간들보다 지금이 더 매력적이고 마음을 설레게 하는 시간이다. 늘 즉흥적인 건 더 떨리기 마련이다. 신나는 앙코르 무대가 마치고 마음속에 걷잡을 수 없는 요동을 간직한 채 장소를 빠져나간다. 우리의 인생은 늘 축제일 수는 없지만 설렘을 가질 수는 있다. 신나는 앙코르 무대처럼 예정에 없던 일도 벌어지고, 잠깐의 만남만으로도 사랑에 빠진다. 여기서 터질지 저기서 터질지 모르는 일투성이로 하루를 보낼 때도 있다. 그럴 때면 '왜 나한테만 이런 일이 일어나지?'라는 생각에 빠져 낙담할 수도 있지만, 그런 일은 모두에게 주어진다. 나만 느끼는 감정 같아도 대화해보면 상대도 느끼고 있는 부분이다. 그러면 우리는 서로를 통해 말없는 위로를 얻기도 한다. 삶이 그런가보다. 어차피 피할 수 없는 일들이라면 여행하듯 즐겨보자.

여행에서는 그렇게 심각해야 하는 일이 없다. 즐기러온 거니까 충분히 지금 즐기고 느끼면 되는 것이다. 여행 중 예상치 못한 일들이 닥친다 해도 그 일만 잘 넘기면 또 그만이다. 계속 우울해하고 있을 시간이 없다. 다음 장소를 느끼러 가야 하기 때문이다. 한곳에서 지체하지 않고 다시 힘을 내어 발걸음을 옮기게 되는 게 여행이다.

나는 여행을 가면 그곳에서 혼자 사색하는 것과 그곳의 음식을 즐기는 것을 좋아한다. 여행지에서의 사색은 나를 더 성장시켜준다. 내가 걷고 있는 생각의 방향이 맞는지, 너무 좁게 생각하고 있었던 건 아니었는지 묵상하는 계기가 된다. 이것은 잠시 멈춘다는 의미이다. 그 당시에는 좌절하고 더 이상 희망이 없을 것만 같지만 지나고 보면 그만큼 큰일도 아니다. 그리고 다시 일어나 하루를 보내고 있는 나를 발견한다. 그렇게 보면 살면서 그렇게 어두울 필요는 없다. 그 어둠이 지금의 여행을 방해하지 못하도록 나는 내 여행을 지켜야 한다. 그래서 그렇게 심각할 일도 없다는 주문을 스스로에게 자주 해주었다. 어둠이라는 색은 너무 진하고 강해서 한 번 빠지면 다시 희석하기가 어렵다는 걸 잘 알고 있다. 그렇기 때문에 방해꾼이 들어왔을 경우 그것을 빨리 보내주는 게 일상의 여행에서 해야 하는 기술이다. 나는 사람들과의 인사도 더 밝게 하기 시작했다. 무리한 욕심일수도 있지만 상대방에게도 오늘이 즐거울 수 있다는 걸 인사로써 알려주고 싶었다. 오늘 너무 심각하지 말자, 우리.

나는 나의 일상에서 여행을 즐기기 위해 좋아하는 카페에 가서 생각도 하고 그날의 날씨에 감사했다. 봄이 오면 계절의 흐름을 느끼며 반가워하고 바람의 서늘함에 미소 짓길 원했다. 단지 춥고 덥다가 아닌 오늘의 날을 하나하나 느끼는 것. 사랑이 시작되지 않더라도 잠시의 설렘에 행복을 가져야 했고 글이 써지지 않으면 다시 일어나 지금의 생활에서 더 많은 것을 느끼기 위해 노력했다. 사랑이 현재진행 중이라면 내가 줄 수 있는 사랑을 오늘에 맞게 상대에게 주면 되는 것이다. 이게 내가 나의 일상을 바라보는 태도를 바꾼 것이다. 같은 여행지를 가도 늘 다른 느낌이듯 아무리 똑같은 행동을 해도 늘 같은 온도와 가슴을 가질 수는 없다. 어제와 똑같은 길을 걷더라도 그 길 위에선 나의 어제의 감정과 오늘은 분명 다를 것이다. 그러므로 같은 일상이 지루하고 늘 똑같다는 생각에서 벗어나자. 모든 것을 어떻게 바라보는지에 따라 마음 상태도 달라지기 마련이다.

처음에는 좀 더 감사의 의미를 부여하고 아름답게 바라보는 시선을 의식적으로 해야 할지 모른다. 하지만 그 의식 속에서도 웃게 되는 일이 많았다. '아, 이런 작은 것도 하나하나 느끼고 감사하고 있네' 하며 입꼬리도 같이 올라가는 일이 많다. 그러자 나의 감정을 좀 더 받아들이기 쉬웠다. 일상을 바라보는 눈이 바뀌었을 뿐인데 이렇게 가치 있는 변화를 할 수 있다. 역시 우리의 마음가짐은 중요하다. 그러니 지금 일상의 여행을 하고 있다고 생각하고 즐겨보자. 여행에서 하는 사색을 즐기고 싶다면 자연을 찾아가보자. 자연 속에서의 산책은 우리에게 보이지 않는 힘을 채워준다. 생각해보면 결국 우리에게 가장 필요한 건 자연

MUSEO

이다. 주어진 주위 환경들을 즐기고 자연의 변화를 느끼면서 살아보자. 그것은 건강하게 살고 있다는 증거이다.

지금 이 순간 우리의 여행은 시작되었다. 여행은 무언가 특별한 것이 없어도 조금 더 느린 걸음으로 나를 느끼고 주위의 것들을 즐기는 일이다. 앞으로 어떠한 일들이 벌어질지 모르지만 덤덤히 맞설 수 있다. 어떤 여행지에서도 우리는 스스로의 모습으로 당당하게 길 위를 걸어가면 된다. 똑같은 길에서도 예전의 나는 다시 돌아오지 않듯이 우리의 하루는 소중하다. 그리고 모든 것은 다 지나가게 되어 있다. 흘러가는 시간에 맞춰서 하루를 충실하게 느끼고 감사해보자. 오늘 여행지의 날씨도 맑음이길 바라며.

감정에 충실한 하루를 살자

아무도 만나기 싫고 아무 말도 하고 싶지 않은 날이 있다. 단지 마음이 시키는 대로 하고 싶은 그런 날이다. 요즘 현대인들은 감정에 솔직해지는 것을 두려워한다. 주위의 많은 시선들과 자리들이 위협받는다고 느끼기 때문이다. 그렇게 사회에 맞춰 감정이 밋밋하거나 혹은 무감각 상태의 자신을 살아 있다고 말할 수 있을까? 감정이 죽었다는 건 오늘 하루가 없는 것이나 마찬가지다. 좀 더 섬세해진 마음으로 지금 가진 감정이 무엇인지 알아야 한다. 그래야 더 나은 오늘을, 미래를 살아갈 수 있다. 그러니 오늘 하루의 감정에 충실해보자.

어린아이들은 감정에 솔직하다. 그들은 다양한 감정을 느끼고 표현한다. 사탕을 빼앗겼다면 바로 터져버리는 울음, 칭찬 한 마디에 이 세상 다 가진 듯 환하게 웃는 얼굴을 볼 수 있다. 이런 아이들을 보고 있으면, 마음이 편해진다. 그들은 숨김이 없기 때문이다. 내가 더 생각해야 할 것도, 믿을 수 있을까라는 의문도 들지 않는다. 그 모습 그대로 볼 수 있다. 그런데 그 아이들보다 몇 십 년 더 산 우리들은 어떠할까? 몇 십 년 더 산만큼 감정도 풍부해졌을까?

주위를 보면 무표정인 사람들이 많다. 어떤 감정인지 조차 알 수가 없다. 우리는 감정에 무감각하다. 감정 또한 사회에 맞춰진 채 드러내지 않는 것이 익숙해졌다. 이 사회는 감정은 숨기고 이곳에만 맞추라고 요구한다. 그러다보니 활기차보이도록 연기할 뿐이다. 그런 연기의 끝은 우울함만 남긴다. 사회에 맞춰진 우리는 표현에 약한 존재가 되어간다. 하지만 내가 지금 어떤 감정인지를 인지하고 스스로에게 또는 필요하다면 상대방에게 나의 감정을 전달할 수 있어야 한다. 세상에서 자신이 살아가고 있는 한 자신의 존재는 느끼며 살아야 하지 않을까? 그래야 전쟁터 같은 사회 속에서도 좀 더 나답게 기쁨을 느끼며 살 수 있다. 나는 그림을 그릴 때나 글을 쓸 때 감정이 시키는 대로 한다. 다른 누군가의 눈치를 살펴서 한다면 나의 작품이 아니게 된다. 그리고 아름답지도 않을 것이다. 사실 나다운 자연스러움이 가장 아름답다. 감정이 슬픈 날에는 어두운 그림이 나오기 마련이다. 이렇게 우리는 삶에서 좀 더 섬세해질 필요가 있다. 그 섬세함은 나를 더 살아 있게 만들어준다.

사랑을 시작하는 일도 서로의 감정을 솔직하게 표현했을 때 가능하다. 내가 느끼는 감정이 무엇인지 그리고 그 속에서 지켜내야 하는 감정이 무엇인지 스스로가 알아야 한다. 사랑도 용기 있는 자만이 할 수 있다. 나의 감정에 솔직하다는 건 그만큼 용기 있는 사람이다. 나는 짝사랑하는 사람들을 늘 응원한다. 상대의 마음은 닫혀 있지만, 그 마음의 시선을 자신에게 돌리기 위해 매 순간 용기를 낸다. 물론 사랑이라는 용기 안에는 두려움도 같이 있다.

우리는 신이 아니다. 표현을 하지 않아도 상대의 모든 감정과 생각을 읽을 수 없다. 감정을 드러내지 않는 상대는 우리가 생각하는 진짜가 아닐 수 있다. 인간은 감정을 공감하는 과정에서 관계의 성장이 빠르고 깊다. 그 감정이 일치되는 상대를 만났을 경우 매 순간이 즐겁다. 보통의 관계에서도 나의 감정에 솔직해질 수 있는 상대와 만나는 것이 좋다. 종종 사람들은 나의 감정을 들키면 지는 것 같은 느낌이 든다고 말한다. 남녀 간의 사랑에서든 사회적 관계에서든 감정이 진다고 생각하면 안타깝다. 스스로가 지금의 마음을 솔직하게 표현했다면 이 세상에 지는 감정은 없다. 좋아하는 사람에게 먼저 마음을 고백했다고 자존심 상한다, 내가 더 좋아하는 쪽이 되었다, 내가 진 것이다, 이런 말들이 아무 의미 없이 들린다. 누군가를 좋아하고 있다는 그 자체만으로도 감사할 일이다.

요즘에는 참 많은 것이 스쳐지나간다. 감정에 충실하지 못하기 때문이 아닐까? 좀 더 천천히 그 자리에 머무르면서 섬세한 감정을 느껴보자. 그러면 모든 게 그렇게 쉽게 여겨지지 않을 것이다. 감정에 충실하다 보면 다른 사람의 일에도 관심을 가지기게 된다. 다른 사람의 약함에 더 많은 동정심이 생기고 나를 희생하는 것이 힘들지가 않다. 희생을 머리로 한다면 한계의 지점이 빨리 오고 지치게 된다. 하지만 마음으로 하는 희생은 내적으로 충만하게 만든다. 정답은 마음속 감정의 동기다. 올바른 동기로 감정의 소리를 들어보자.

하루라는 시간 안에서 피해갈 수 없는 일들도 많고, 아무리 발버둥쳐도 돌이킬 수 없는 것들도 있다. 우리가 바꿀 수 없다는 현실을 받아들이고 슬프면 슬픈 대로, 기쁘면 기쁜 대로 살아가는 것이다. 그것이 자연스럽게 감정을 느끼며 사는 것이다. 감정을 느꼈다면 표현하자. 표현함으로써 우리의 삶이 더 풍요로워질 것이다. 또 내가 선택한 일도 더 많은 정보들을 느끼고 발견할 수 있다. 감정은 그 이면을 볼 수 있도록 도와주기 때문이다.

행복은 늘 가까이에 있었다

"하늘의 별들만 바라보는 사람은 자기 발아래의 아름다운 꽃을 느끼지 못한다." _ 김제동

행복은 늘 가까이에 있었다. 늘 똑같은 일상 속에서도 우리의 시각에 따라 늘 새로운 시작점이 될 수 있다. 가지지 못한 것이 아니라 이미 가지고 있는 것에 초점을 맞춰보면 어떨까? 마음이 공허한 이유는 늘 더 큰 행복을 바라기 때문이다. 그래서 지금 충분하게 주어진 소소한 행복을 알아채지 못한 채 불안해한다.

행복의 요소들은 결국 늘 우리 곁에 있다. 그 요소들의 빛을 알아채고 하루를 충실하게 느껴보자.

한때 나는 애인과 남들이 다하는 행동들을 하고 예쁜 커플링도 맞추고 맛있는 것도 많이 먹으러 다녀야 했다. 그래야 내가 행복한 연애 중이라고 생각했다. 그래서 더 애쓰며 관계를 이어왔다. 가장 본질적인 관계에서 조급했던 것이다. 그런데 시간이 지나면서 나의 생각은 변했다. 상대는 내가 사랑하는 사람이다. 그 사람이 나의 곁에 있다는 것만으로도 나는 이미 행복한 것이었다. 그와 무엇을 많이 하는 게 아니라, 곁에 있음을 소중하게 생각하고 그 존재에 대한 행복을 느낄 때가 정말 행복한 것이었다. 그와 많은 대화를 나누고 그 속에서 공감하고 가끔은 서로의 어깨를 빌려줄 수 있는 마음 말이다. 행복은 이처럼 거창한 것도 멀리 있는 것도 아니다. 늘 우리 곁에 존재하고 있다. 어쩌면 너무 익숙해져서 우리가 그것을 알아차리지 못할 뿐이다. 그 익숙해진 것들의 가치를 알아차리는 게 우리가 해야 할 첫 번째 일이다.

"행복은 하나의 기술이다. 즉, 자기 자신 안에서 행복을 발견하는 기술이 필요한 것이다." _ 카를 힐티, 《행복론》 중에서 사람들은 흔히 먼 곳에서 행복을 찾곤 한다. 행복이 무언가 대단하고 거창한 것이라고 믿기 때문이다. 우리는 이미 많은 것들을 가졌음에도 더 많이 가지길 원한다. 또 가지지 못한 것에 대한 불평을 늘어놓는다. 그러한 마음은 행복과는 아주 멀다. 스스로가 행복해지고 싶다면서 마음은 점점 그것과 멀어지게 하고 있다. 바로 욕심 때문이다. 일단 한 번 욕심이 생기면, 아무리 좋은 것을 가지고 맛있는 음식을 먹어도 더 좋은 것과 더 맛있는 음식을 원한다. 물에 욕심을 내면 물속에 사는 물고기도 갈증이 날 수 있다. 그럼 어떤 것을 갖든, 어떤 삶을 살든 만족할 수 없고 행복할 수 없다. 우리를 만족시키는 것은 결국 남이 아닌 나 자신이다. 나 자신만이 충분함의 한계를 정할 수 있다.

네 잎 클로버의 꽃말은 행운, 세 잎 클로버의 꽃말은 행복이다. 우리는 네 잎 클로버만 찾느라 주변에 널린 수많은 세 잎 클로버를 그냥 지나친다. 사람들은 그저 목표만 보고 남들이 하는 행복을 따라간다. 결국 시간이 흘러 세 잎 클로버의 가치를 깨닫지 못했던 것을 후회할 뿐이다. 행복해지기 위해 반짝이는 것도 중요하지만 지금 곁에 있는 것들의 가치를 깨닫는 것이야말로 지속적으로 행복해지는 길이다. 그래서 소유의 문제가 아니라 이미 가지고 있는 곁에 있는 것들을 소중히 생각하는 것이 중요하다. 그것에 우리의 행복이 달려 있다. 내 시선과 마음이 닿는

CARTOLERIA
GUGLIE' IMMOBILIARE

가까이 있는 행복에 감사를 느끼자. 처음에는 잘 안 될지 모르지만, 의식적으로 하다 보면 그 마음가짐이 습관으로 자리 잡혀 나중에는 정말 그 가치를 깨닫게 된다. 저절로 감사하는 마음을 가지게 되는 지점에 이르게 되는 것이다.

정신 없는 세상에서는 천천히 걷는 시간이 필요하다. 그 시간을 통해 지금 나의 곁에 있는 선물들을 둘러보자. 멈추는 시간은 더 많은 것들을 이루게 해준다. 그 시간들은 결코 낭비가 아니라 과정 하나하나가 행복이다. 이렇게 나의 시점이 바뀌면 내가 살아 있음을 느낀다. 그러니 자신의 길에 느끼고 감사하며 우리의 봄을 받아들이자.

사랑은 늘 거기 있었다

사랑만큼 알 수 없는 특별함이 또 있을까? 순간의 심장 박동 수를 최고점으로 끌어올리기도 세상 무너질 듯 슬픈 감정을 불러일으키기도 한다. 사랑은 늘 착각으로 피어난다. 그 착각으로 인해 서로를 운명으로 생각하고 그 감정에 휘말리게 된다. 하지만 당신이기 때문에 나의 착각은 아름답다. 우리는 사랑의 끝에서 그것이 착각임을 알아차릴지라도 고스란히 다음 사랑 역시 똑같은 과정의 선을 탄다. 세상에서 가장 아름다운 착각. 사랑은 오로지 기쁜 것만 나누는 것이 아닌 상대의 고민과 아픔까지도 나의 것이 되는 것이다. 어설프고 미덥지 못한 부분도, 흔들리는 약한 모습도 있는 그이지만 이런 그의 불안함에 숨 쉴 곳이 되어주는 일. 그렇게 한 사람의 인생이 나에게 오는 것, 같은 감정을 끌어안고 그 감정의 선에 함께하는 일은 어떤 종류의 사랑이든 감동이다. 그러니 오직 서로를 위한 빛과 그늘이 되어주는 일에 느슨해지지 말자. 사랑은 평생 서로를 위해 노력할 충분한 가치가 있다.

늘 편한 것을 추구하는 나였지만 사랑하는 사람 앞에서는 가장 예쁜 구두를 신고 그 사람 앞에 서고 싶다는 생각이 든다. 프랑스에서는 예뻐지려면 고통을 감수해야 한다는 말이 있다. 상대에게 아름다워 보이고자 하는 마음이 나의 고통보다 먼저인 게 사랑의 힘이다. 그 사람 앞에서 만큼은 다른 무엇보다 '여자'로서 사랑받고 싶다. 나는 나를 온전히 여자로 서 있게 하는 사람이 좋다. 그동안의 이별과 부족했던 관계들을 통해 사랑에 대해 많은 생각을 하게 되었다. 아니, 더 깊이 생각했다.

사랑을 대하는 태도는 사람마다 다르지만, 우리는 사랑할 때 가장 솔직해져야 하지 않을까? 감정에 솔직하지만 상대를 존중하며 나아가라고 말하고 싶다. 나는 언제나 숨기지 않고 표현하는 성격이다. 쉽게 말하면 머리로 말하는 게 아닌 가슴으로 말하는 경우다. 이러한 내가 단지 어리고 서툰 건가, 이 세상에서는 누구의 말처럼 계산적인 밀당도 하고 나를 만만하게 보지 못하도록 자존심을 지켜야 하는 걸까? 나의 이론과 세상의 이론 사이에서 늘 갈등했다. 하지만 나는 나로서 나의 길이 옳다고 믿는다. 진심이 되는 것을 겁내지 않는다. 그 감정을 표현하는 일로부터 더 빛을 발하기 때문이다. 누군가를 향한 마음은 보석과 같다. 어느 것 하나 똑같이 생길 수 없는 그 사람만의 값비싼 감정이다. 시간이 지나고 닦으면 닦을수록 더 빛나는 마음이다.

이 세상이 너무 각박해졌다고 해서 우리의 사랑도 각박해질 필요가 있을까? 살면서 우리는 너무 많은 척을 한다. 상처받지 않은 척, 강한 척, 용기 있는 척, 친절한 사람인 척, 사랑에조차 '척'을 해야 하는 이유가 있을까? 가장 솔직해야 하는 감정 앞에서 척하느라 또 한 번 자신을 덮는다. 과연 누구를 위한 척일까? 어떠한 사랑이든 늘 소중히 여기는 마음을 가져야 한다. 그게 결국 자신을 행복하게 만드는 길이다. 나는 사랑에 있어서 감정의 솔직함과 표현의 순수함을 잃고 싶지 않다.

"그 사람이 그럴 만한 가치가 있는 사람인지 아닌지는 아무런 의미가 없다. … 그러나 그 사람 덕분에 나는 남들과 나를 구분시켜주는 어떤 한계 가까이에, 어쩌면 그 한계를 뛰어넘는 곳까지 접근할 수 있었다." _ 아니 에르노,《단순한 열정》중에서 정말 단순한 열정이다. 사랑에서 너무 많은 생각과 복잡함을 품고 있다면 부정으로 흘러가기 쉽다. 모든 사랑 깊숙한 곳에는 복잡함이 존재한다. 하지만 우리는 그것을 덮거나 뛰어넘어 그 사람 곁에 계속 맴돌게 된다. 그것이 사랑이라는 감정만이 불러일으키는 무모한 도전이자 끝이 없을 것 같은 희망이다. 사랑에 있어서는 무조건적인 현실보다는 이상적인 태도가 필요하다고 믿는다.

"어렸을 때 내게 사치라는 것은 모피 코트나 긴 드레스, 혹은 바닷가에 있는 저택을 의미했다. 조금 자라서는 지성적인 삶을 사는 게 사치라고 믿었다. 지금은 생각이 다르다. 한 남자, 혹은 한 여자에게 사랑의 열정을 느끼며 사는 것이 바로 사치가 아닐까." _ 임경선,《태도에 관하여》중에서

사랑은 사치라는 말에 공감한다. 그 사치로 아무리 힘든 일이 있어도 우리만의 우주공간에서 웃을 수 있는 힘이 있고 그 사치로 지금의 상황이 어떠하든 용기를 불러일으킨다. 있는 그대로의 내 모습을 사랑해주는 사람. 그런 사람을 만난다는 건 둘도 없는 선물을 받은 것이다. 나 또한 나를 바꾸려하지 않는 상대가 좋다. 있는 그대로의 나를 바라봐주고 존중해주는 상대. 그렇다

면 굳이 상대가 나를 바꾸려 하지 않아도 내가 먼저 더 좋은 사랑을 하기 위해 바뀌고 싶다는 생각이 들지 않을까?

보이는 사랑이 아닌, 마음이 통하고 즐거운 사랑을 해야 한다. 그래서 나는 누군가를 처음 만날 때 그 한 번의 순간에 자신을 어필하는 사람보다는 평소에 서로가 갖고 있던 생각들에 대해 자유로운 대화를 나누는 것을 좋아한다. 처음 만났지만 정신적인 교류가 가능한 사람, 그런 사람과의 대화 속에서 투명한 감정들이 서로에게 퍼져나가 관계의 선이 진해지는 것이 아닐까?

많은 이별을 통해 이제는 연애가 지겹고 겁난다는 사람이 있다. 사랑에도 책임이 요구되지만 끝이라는 마침표를 찍어야 할 때는 흘려보내는 것이 좋다. 서로에게 길들여진 상태에서 벗어나야 한다는 건 먹먹하다. 이별의 늪에서 쉽고 빠르게 벗어나는 방법은 할머니가 되어도 모를 것 같다. 마음속 어딘가에서는 통증이 아려오겠지만 그럼에도 불구하고 예외 없이 우리의 인생은 계속되고 있다. 우리는 이별을 통해 또 한 번 성장한다는 그 진부한 말을 믿어보자. 그러니 그 이별을 너무 두려워하지도 이별을 인생 또는 사랑의 실패와 연결 짓지도 말자. 세상은 나에 대한 배려 없이 계속 흘러간다. 그러므로 더 큰 사랑이 나에게 올 것이라는 믿음을 가지자.

나이가 한 살씩 더해질수록 관계에 있어서 예전만큼 편하지는 못하다. 그 만큼 많은 경험과 상처가 어쩌면 조심스럽게 만들었을지 모른다. 하지만 사랑만큼은 자연스럽고 싶다. 너무 조심스럽게 다가간다면 상대를 온전히 보기가 어렵다. 이미 너무 많은 생각의 단어들이 그 상대를 덮어버리기 때문이다. 지금 살아있는 모든 것들이 언젠가는 사라지듯이 지금 이 순간도 오늘 한 번뿐이다. 그러기에 우리를 목마르게 하는 사랑은 더 소중하고 아름답다. 감정이라는 존재도 영원히 지속되지 못할 온도일지 모르지만 우리는 더 간절하게 그것을 원하고 사랑하게 만든다. 불완전하고 서툰 사랑에서 우리의 시간들이 모여 완성이 되어가는 일이다.

길을 가다가 우연히 마주쳤으면 하는 사람이 있다는 건 행복한 일이다. 앞으로 우리에게 오게 될 사랑을 소중히 여기자. 감정의 사랑을, 그리고 그 사랑 속에서 피어난 감성을 잃지 않기를 바란다. 그 감성 안에는 순수함이 깃들어 있다. 삶의 아름다움은 관계를 맺음으로 풍성해진다. 함께하는 그 시간 자체가 인생의 축제를 여는 것이다. 둘이 하나보다 낫다는 말처럼 누군가와 함께하는 시간은 우리에게 없던 강한 힘을 만들어내며 지켜내고 싶다는 소망이 모든 것을 할 수 있는 용기를 만든다. 우리의 사랑은 늘 곁에 있다. 나의 사랑을 알아보는 일도, 다른 이의 사랑을 받는 소중한 일도 시들해지지 말자. 수많은 사람 중에 누

군가와 나의 마음이 같다는 것은 기적 중의 하나이다. 그 기적이 오늘 일어날지도 모른다. 마음이 이끄는 사랑을 계속 하고 싶다. 앞으로 남은 계절 뜨겁게 사랑하자.

이 글을 쓰게 된 계기도, 쓸 수 있었던 이유도 참 특별했습니다. 글을 쓰면서 나의 과거와 마주하며 그날의 감정들을 다시금 느껴야 했습니다. 그 당시에는 좋지 않았던 경험들과 감정이라 생각했으나, 지금 돌이켜보면 그것들을 통해 참 많은 성장을 했음을 느꼈습니다. 지금까지 만났던 수많은 사람들과 경험들을 그냥 지나치지 않았습니다. 어두워 보일 수도 있는 것들을 밝은 빛으로 돌렸고 그 과정을 통해 진정한 저 자신을 만났습니다. 그러면서 저는 혼자가 아님을 알았습니다. 시간과 흘러가는 다양한 감정들, 그리고 그 곁에는 늘 누군가와 함께했습니다. 주저앉아 길을 잃을 수도 있었지만 그럴 때마다 응원해준 사람들이 있었습니다. 돌에 걸려 넘어지고 다시 일어나 꽃을 피우고, 그 모든 과정에서 나의 사람들이 없었다면 지금의 제가 있었을까 싶습니다. 사람은 혼자 살아갈 수 없습니다. 따뜻한 사람들의 온기가 더해져 다시 꽃을 피울 용기를 냅니다. 낯간지럽고 부끄럽지만 비로소 고마운 마음을 전합니다.

어느 가을날 저녁, 길을 걷고 있었습니다. 평소처럼 한쪽 귀에는 나를 위로해주는 음악이 흘러들어가고 있었고 두 발은 타박타박 늘 같은 길을 반복해서 걷고 있었습니다. 이 세상 속 나 홀로 남겨진 기분이 들 때 한 통의 전화가 왔습니다. "지금 네 감정이 어떤지 걱정돼서 전화했어, 우리가 지금 너 있는 곳으로 갈까?" 저는 아직도 그날의 기분과 그 음성을 잊을 수가 없습니다. 늘 언제라도 곁으로 달려와줄듯 저의 마음을 감싸주는 오 형제 부부에게 감사합니다.

아침이든 밤이든 바로바로 나의 수다를 받아주었던 덕근 오빠, 덕분에 긍정적인 마음을 많이 얻었습니다.

초등학교 3학년 때 만나 지금까지도 가족처럼 지내는 나의 절친 정수현, 우리가 초등학교 때 같은 반이 된 건 축복이라 생각합니다. 이 친구는 "네가 어떠한 선택을 하든 어떤 입장에 취하든 난 언제나 네 편이야"라고 말해주었습니다. 사실, 저도 그렇습니다.

10년이 넘게 애칭으로 서로를 부르는, 패돈남로라나미 다원이. 똑똑한 친구답게 차마 제가 보지 못하는 부분들을 알려주어 다시 옳은 길을 걷도록 도와주었습니다. 나중에 결혼하면 꼭 옆집에 살자며 흰색 종이에 우리가 살 집을 그리며 보냈던 시간들이 가끔 생각이 납니다. 결혼하게 되면 꼭 그 그림처럼 살았으면 합니다.

띠동갑이지만 친구처럼 느껴지는 정진 언니, 함께 있어도 늘 그리운 언니입니다. 나의 20대를 함께 겪어주어 감사합니다. 먼저 인생을 걸었기에 언니가 해준 조언들은 저를 참 많이 지탱해 주었습니다. 나에게 띠동갑 친구가 있다는 게 참 소중합니다.

꽃길의 첫 스승인 플로리스트 박민정 선생님, 덕분에 제가 글을 쓰고 있습니다. 꽃을 만질 때 저의 모든 감정들을 표현할 수 있게 지켜봐주셔서 감사합니다. 꽃집에 가는 순간들이 참 기대되고 행복했습니다. 그곳에서 꽃만 만지는 것이 아닌 인생을 배운 것 같습니다. "너는 갖고 있는 이야기와 감성들이 많아. 그것으로 글을 써봐"라고 처음으로 글에 대해 말씀해주었습니다. 덕분에 첫 글을 이렇게 마무리하고 있습니다. 저 자신보다 저의 잠재력을 믿고 응원해주셔서 감사합니다.

뉴욕에서 나에게 먼저 손을 내밀어준 Milan이 없었다면 뉴욕에서의 저도 없었을 것입니다. 늘 든든하게 지켜주고 함께 농담하며 웃고 울며 춤출 수 있는 친구가 있어서 참 행복했습니다. 피부색은 다르지만 늘 우린 가족임을 잊지 않았으면 합니다.

이들은 모두가 하느님께서 보내주신 선물입니다.

그 무엇보다 사랑하는 우리 가족. 슈퍼맨보다 든든한 우리 아버지, 철부지 막내딸을 언제나 믿어주고 응원해줘서 고맙습니다. 아버지가 나의 아버지라는 게 참 자랑스러울 때가 많습니다.

딸인 나보다 더 소녀 같은 마음인 우리 어머니, 늘 함께해줘서 고맙습니다. 그 편안함 덕분에 우리 가족이 더 따뜻할 수 있었던 것 같습니다.

한 남자의 아내가 된 하나뿐인 언니, 둘이 함께했던 여행들이 있어서 참 좋았습니다. 서로가 서로를 믿고 있는 마음이 느껴져서 제가 더욱 단단해졌습니다.

작년 겨울 저에게도 드디어 형부가 생겼습니다. 형부지만 친구처럼, 그리고 친오빠처럼 지내고 있습니다. 좋은 사람이 우리 가족이 되어서 참 고맙고 행복합니다.

감사하고 고마운, 마음속에 간직된 사람들은 더욱 많습니다. 아무것도 모르는 저에게 따뜻하게 응원해준 많은 사람들에게 감사를 전합니다. 덕분에 제가 아스팔트 위에서도 활짝 꽃피울 수 있었습니다. 그 꽃잎들을 풀어낸 이야기를 모두에게 전할 수 있게 도와준 도서출판섬에게도 감사합니다. 저의 첫 번째 글이 좋은 인연을 맺게 되어서 기쁩니다. 이 글을 읽고 있는 많은 사람들에게도 감사드립니다. 받았던 큰 사랑을 이제는 제가 다른 이에게 돌려줄 차례인 것 같습니다. 앞으로 걷게 될 걸음걸이 위에 따뜻함과 사랑을 담아 위로받고 위로해주며, 언제나 따뜻한 마음으로 숲을 이루는 글을 쓰는 사람이 되고 싶습니다.